格致文库

困了心意

赵亭人 著

U1004169

山西出版传媒集团
北岳文艺出版社
BEIYUE LITERATURE & ART PUBLISHING HOUSE

图书在版编目（CIP）数据

因了心意 / 赵亭人著. — 太原 ：北岳文艺出版社，2016.5（2023.6重印）
ISBN 978-7-5378-4781-0

Ⅰ. ①因… Ⅱ. ①赵… Ⅲ. ①文艺－作品综合集－中国－当代 Ⅳ. ①I217.2

中国版本图书馆CIP数据核字(2016)第120427号

书　　名 因了心意
著　　者 赵亭人
责任编辑 谢　放
装帧设计 张永文

出版发行 山西出版传媒集团 · 北岳文艺出版社
地　　址 山西省太原市并州南路57号
邮　　编 030012
电　　话 0351-5628696（发行部）
0351-5628688（总编办）
传　　真 0351-5628680
网　　址 http：//www. bywy. com
E-mail bywycbs@163.com
经 销 商 新华书店
承 印 者 山西万佳印业有限公司

开　　本 787mm×1092mm 1/32
字　　数 119千字
印　　张 6.875
版　　次 2016年7月第1版
印　　次 2023年6月山西第2次印刷
书　　号 ISBN 978-7-5378-4781-0
定　　价 45.00元

目录

赵亭人　半山读书　82cm×38cm　纸本设色　2014年

为爱前行
——代序

曾经我设想过，假如将来有机会也有资格出一本书，把自己平时随手写的东西集结成册，书的名字就叫《信马由缰》。等到机会真的来了，翻箱倒柜地搜罗整理之后，发现这么多年来其实也没有攒下多少东西。有时候觉得自己还是挺勤奋的，可是等到要用的时候，觉得能拿出手还可以让人看的却寥寥无几，虽然觉得自己当时都是用心写的。于是就在想，这些年除了画画练字上班之外剩下的大部分时光，都打发到哪里去了呢?

偶尔在网上看到别人转发的胡适的留学日记，先不管他真假的成分有多少，说胡适到了美国之后，经常不能按学习计划来，而是迷上了打牌，有一阵子每天日记里记的就是打牌、打牌、打牌，后来觉得如此下去也不是回事，就在日记里写道:

胡适之啊胡适之！你怎么能如此堕落！先前订下的学习计划你都忘了吗？子曰："吾日三省吾身。"不能再这样下去了！但是接下来的日记里依然记录的是打牌、打牌、打牌。如果把这当作一个文人雅士的趣闻的话，确实是挺好笑的。话又说回来，即使是先贤大哲也年轻过，也有把持不住的时候，何况我等平庸无志之辈？于是也就心安理得了。

不管怎样，一个人一辈子能有自己小小的爱好，并且能时刻坚持这个爱好，能按照自己所选择的生命轨迹前行，这已经是很不容易的事了。对我来说，不管是写文字还是画画，仅仅是对这个爱好的证明。只是为了爱好，不图其他，挺好。

2016 年 4 月

我心独白

“夫画者，本寂寞之道，其人要心境清逸，不慕名利，方可从事于画。见古今之长，摹而肖之能不夸，师法有所短，舍之而不诽，然后再现天地之造化，如此腕底自有鬼神。”白石老人的话道出了从事绘画艺术的真谛，给后来致力于绘画艺术创作的人们指明了通往艺术最高殿堂的道路。作为其中一名对绘画事业酷爱有加的追随者，对此话我深信不疑，也力图朝着这个方向去努力。白石老人还有一句话也是我极推崇的，那就是“越无人识越安闲”。

我是个地地道道的北方汉，也许是性格性情的缘故，却有着江南人的情结，从骨子里喜欢江南的山水和人文生活环境。那春光明媚中的粉墙黛瓦，烟雨朦胧中的小桥流水，那一山一石，一亭一阁，一草一木，一花一叶都令我羡恋神往。曾经，

赵亭人 秋正浓时 82cm×38cm 纸本设色 2014年

我梦想若有了些许“银两”，便在江南一个有“崇山峻岭，茂林修竹，又有清流激湍，映带左右”的地方，置薄田数亩，购茅屋几间；莳兰于东圃，栽竹于西园；插垂柳两行，种碧桃一湾；房前养鸡鸭，屋后蓄豕犬；耕有犁牛，行凭驴辇；农忙时节掩卷荷锄，闲暇之日载酒放船；携子抱孙于杨柳岸，舔笔濡墨于青灯前；秋上塞北，春下江南；时常来三五知己喝茶聊天，间或访一二旧友山路盘旋；花旁读书，月下看剑；目送归鸿，手挥五弦；荆妻挑灯碧纱窗下，稚子研墨紫云案前，云卷云舒，花开花残；不管桃鲜，不管梅鲜；三餐淡饭饱腹，四季布衣温暖；举烛即卧，日高尚眠；终老林下，安享天年。回过神来，我知道这是痴人说梦，这只不过是一个美好的愿望罢了。愿望也罢，梦想也罢，即使得不来，我觉得心中有了也就全都有了。但这种心态绝对不是逃避现实生活，而是说明了一个人对其理想的生命状态的追求。

人不可能生活在一个真空世界里，面对着这个五彩缤纷物欲横流的花花世界，我们难免会眼花缭乱，无所适从。所以关键的问题是，我们如何调整好自己的心态，把握好自己的生命状态，于繁华纷杂生活中有所取舍，能够放得下。说到绘画艺术的创作的道路，我知道要想在这条道路上有所作为很难很难，它不仅要靠极好的天分，还要靠后天的勤奋努力。如果想靠这条路去发财，可能不大容易。既然选择了它作为奋斗的目标，那它就是我的精神支柱，就是我的灵魂所依，我的作品就是我心灵的载体，我个性的张扬。画本我心，不能随心所欲不负责任地去出卖它，哗众取宠的做法是我最觉可恶的。

所以我想，每做一事，首先要对得起自己，更要对得起喜爱你作品的读者。仔细琢磨，其实画画不像有些人讲得那么玄，它同农民种田工人做工一样，所不同的是他们带给人们的是物质食粮，而画家带给人们的则是精神食粮而已。艺术创作对从事者来说，追求的是百花齐放、百家争鸣，对于广大受众，则是环肥燕瘦，各看对眼。我只求经营好自己的画就行了。譬如听戏，京剧好听，秦腔也好听：京字京韵，百转千回绕柔肠；秦声秦调，慷慨激昂振心扉。生旦净丑，各领风骚。吃饭也同样，淮扬菜好吃，川菜也好吃，狮子头和麻辣火锅各有千秋。好恶各殊，不必强求。尽管绘画艺术这桌艺术大餐是众口难调，我也不会为讨好哪一些人而去折腾自个，自己要知道自己缺少什么，想要什么。所以，在物质生活追求方面，我觉得钱够花了，房子也够住了，汽车有没有无所谓，埋头读好自己的书，认真画好自己的画，打理好自己的一亩三分地足矣。我时时铭记陈绶祥先生授课时所讲的“受着，挺住，过去”的研修绘画艺术三部曲之教诲，也遵循先生所谈的绘画作品对于受众来说的“侧目，驻足，留心”的三种境界之要领，这些道理受用终身。故读书，行路，师古人，师造化，心追之，手摹之，孜孜以求，经年不舍，不敢有丝毫怠慢。西风烈火，凤凰涅槃。诚如是，或可能得其真髓一二。松雪道人说“笔墨千古不变”，石涛和尚说“笔墨当随时代”，他们说的都没错。自己的路要靠自己走，我深信理不亏我，道不远人。

赵亭人　一夜落花雨　33cm×33cm　纸本设色　2014 年

花青

花青，原本是国画颜料的一种。这个颜色不知道古人是怎么鼓捣出来的，沉稳、冷艳，并且还给了她这个诗一般的名字。

国画颜色中有两个颜色的名字是最有诗意的，就是花青和胭脂。较之于花青，胭脂就像戏台上的花旦，青春、活泼、艳丽，而花青则如戏台上的青衣，端庄、宁静、大方，二者好比《西厢记》里的莺莺和红娘。有红娘的陪衬，更显出莺莺的稳重、娴静。如花青般的莺莺也许是这样的，“懒懒散散便又是一天。浮生如梦能几何，梦里清闲谁得许。一袭绛紫色长袍衬托身材姣好如花诗意花青潋滟，眸子伶俜梦回千年一风，璎珞耳畔犯颜，琉璃脚踝失色”。这样的女子谁不喜欢呢？风姿绰约，韵味十足，还有一点点慵懒。

有时候花青还有一点点小小的脾气，不好伺候，有点像《红楼梦》里的林妹妹；但是，你如果熟悉了她的脾气，她表现出来的那种情调给你带来的感觉比喝了四两竹叶青后的感觉还要好。宝哥哥和林妹妹花下读《西厢记》，宝哥哥用戏文调侃林妹妹，表面上林妹妹恼羞成怒，实际内心是春波荡漾。似这样如花青般的女子谁不喜欢呢？知书晓理，如竹如兰，时不时还给你来点小性子，让你神魂颠倒，欲罢不能。

在某种意义上，一提到花青，会让人联想到民国的女子。烟花三月，细雨绵绵，瘦西湖畔，一柄红伞，一个曼妙的背影，一袭尽显腰肢的花青色旗袍，在柳丝下慢步，在花海间徜徉，这恰到好处的画面，增一分显多，减一分显少。假如能同这样的一位女子相约同行，该是何等的惬意呀。恍惚间，觉得她就好像与丰子恺笔下的女子一般无二，或许她是刚刚走出咖啡馆的张爱玲？或是她是刚从平山堂走过来的林徽因？或许她是刚刚整理完古琴谱的张充和？

我觉得没有比用花青来形容一个成熟女子更适合的颜色了。在时下的社会里，她或许应该是这样的，干练而不失温柔，摩登而不失沉稳，生活中常常给自己放放假，时不时小资一下。她或许还可以是这样的，长发飘飘，眉目间透着野性，一身牛仔，或骑着“巡洋舰”，或骑着“哈雷”的冷艳的姑娘。

我喜欢花青那沉淀着岁月的清冷的色调，我也喜欢花青一般诗意的女子……

赵亭人　访友图　33cm×33cm　纸本水墨　2014 年

回　家

昨天劳驾鲁强驾车送我回了趟孝原。家里来电话说新房基本弄就，该铺院子了，让回去看看，看咋铺着合适。

早上九点多，匆匆扒了几口饭就上路，从大运高速向南又折西沿侯西高速一个小时便到河津，下了高速不到二十分钟就到了家。因平时怕城里空气差很少出门，也少有机会到野外，一路上看见干净得要命的蓝天，飘着雪白得要命的云朵，车子碾压着乌黑油亮的柏油路，两旁的碧绿的泛着金光的杨树林往后飞移，这些年很难见到这样好的天气，心里惬意得很。

修一座自己设计的小院，一是多年的情结，二是给老人弄个安乐窝。如今愿望实现了，两好合一好，心里依然是惬意得很。朱自清先生在散文《阿河》里有一段对院落的描述，很合我的心意："那别墅是在乡下。前面偏左的地方，是一片淡蓝的湖水，对岸环拥着不尽的青山。山的影子倒映在水里，越显得清清朗朗的。水面常如镜子一般。风起时，微有皱痕；像少女们皱她们的眉头，过一会子就好了。湖的余势束成一条小港，缓缓地不声不响地流过别墅的门前。门前有一条小石桥，桥那边尽是田亩。这边沿岸一带，相间地栽着桃树和柳树，春来当有一番热闹的梦。别墅外面缭绕着短短的竹篱，篱外是小小的路。里边一座向南的楼，背后便依着山。西边是三间平屋，我便住在这里。院子里有两块草地，上面随便放着两三块石头。另外的隙地上，或罗列着盆栽，或种莳着花草。篱边还有几株枝干蟠曲的大树，有一株几乎要伸到水里去了。”这原本就是我的设想，我和朱先生不谋而合了。虽然北地缺水，不如江南那么滋润；然而起几间粉墙黛瓦的房屋，弄几块有意思的匾额，砌一道有漏窗的花墙，筑一小亭榭，栽几株翠竹，在院子里多莳花草，间植杂树，再挖一个小小的池塘，种几株荷，也是不辜负心愿的。

两个月过去了，其间回去三四趟，基本是按设想按部就班地弄的。这会子春花已成秋实，吃了中饭又装了一肚子瓜果，和父母拉了拉家常，和工头做了交代，又装了一车的吃食，赶天黑还要回到城里。路过通化正逢集，在王通庙下就着火烧吃了一碗凉粉，又买了一袋新碾的韭花和一袋醪糟，这都是这里的特产，实实在在的。今天的天气实在的好，空气透明。车过峨嵋岭时，朝西望去，黄昏的落日躲在彤云里，朵朵云彩都镶着金边。龙门在苍苍茫茫的群山里依稀可望。平日里看不见的黄河远远地也如一条金线挂在天边。

故土难离。每回一趟家，总是满载而归。

2008 年 8 月 11 日

赵亭人　拜石　33cm×33cm　纸本设色　2014 年

怀念过去

社会发展了，世界复杂了；人们富裕了，人心浮躁了。

很怀念过去的时光。

看着满桌子高摞三层的鸡鸭鱼肉生猛海鲜，想起童年时伸着两个手指，偷偷在爷爷的唯一营养品猪油里，连油带肉捞一下往嘴巴里一抹的滋味。

看着被幼稚园各种高等玩具包围着而玩味索然的孩子，想起童年时在野外与土堆、杏核、玻璃球、铁环为伍的我们，相比之下，他们真可怜。

看着灯红酒绿、昼夜喧嚣的现如今的北京后海，想起那白日行人三三两两，悠然自得，夜来宁静如水的岸边有几声京韵的过去的后海，真是黄鹤去也。

看着充斥着电视、剧场每个角落的这个超级、那个组合，想起仅仅是梅兰芳那出神入化、变幻莫测的手势，都觉秀色可餐啊。一个俄国艺术大师说，看了梅氏的艺术的手，所有从事艺术的人的手都可以砍掉。

看着白石老人醇如醍醐、高入苍穹的遗墨，再瞅瞅那自诩为“大王”“领袖”者的胡涂乱抹、信笔刷扫的“杰作”。对于前者，我顶礼膜拜；而对于后者，我真想把我的眼珠子抠了。

2006 年 8 月 18 日

天　命

窗外正下着小雨，比起往年，这个春天的雨水相对多了些，似乎赶上了那烟雨蒙蒙的江南。所以，让这些早已习惯了干旱的土地和生于斯长于斯喜欢干爽的人们都感到了有些不适。地还没有干就又湿漉漉了，背阴的墙角漫出的苔藓像毛茸茸的毯，绿得让人可怜。被窝是潮潮的，案上的书也是潮潮的，挂在墙上的原本声音清脆的拨浪鼓，摇起来估计已经是噗噗噗的了。

不管怎样，我喜欢这样的雨天，还要感谢这多雨的季节，她起码可以让一路奔忙的人稍稍放慢些脚步，能够有机会注目这渐渐远行的美艳的暮春，以及这春雨中荡漾着的烂漫。

这样的天气容易让人慵懒，也容易让人思考。一杯茶，一支烟，可以蜷卧着一动不动，让思绪随意飞扬。盯着窗户玻璃上的那一道道缓缓下垂的雨泪，想到这也许是告别这个春天的最后一场雨，心中不免泛起一丝莫名的惆怅。呷一口茶，点燃一支香烟，目光随着曼舞的青烟，停留在墙上的画框上，那是金陵杨春华先生十年前为我画的四十一岁小像。下意识地掰指头算算，哦！自己如今已年过半百，就是孔老夫子所说的知天命之年，是可以称老的人了，心头不免咯噔了一下。人生百年，白驹过隙。一不留神，竟然要从中年开始向老年迈进了。

人的一生大概就是这样的匆匆，青春易老，光阴难再。不管你的荣辱得失，是非成败；不顾你的贫富贵贱，喜怒哀乐。来不及你思量，一眨眼的工夫，就已经由垂髫匆匆地到了黄发，由少年而及暮年。想起了朱自清先生的《匆匆》："……洗手的时候，日子从水盆里过去；吃饭的时候，日子从饭碗里过去；默默时，便从凝然的双眼前过去。我觉察他去的匆匆了，伸出手遮挽时，他又从遮挽着的手边过去……"挥手间，已匆匆度过了五十年华，《淮南子》里说，蘧伯玉年五十而知四十九年非，回想自己何尝不是呢？回视五十年，犹在梦中，年复一年，递递改之，行年五十，而犹知四十九年之是非。

龙生九子，子子不同。何况这大千世界的芸芸众生？世界上有一种人，天生地喜欢自由自在、无拘无束。这种德性的

赵亭人　小西天　33cm×33cm　纸本设色　2014 年

人，既不愿意管人，更怕被人管着；不仅要精神上的自由，而且肉体也不愿被限制，时常会找个理由放纵一下自己。最适合他们的行当要么做诗人，要么当画家。做诗人或者画家，最大的好处就是不需要考虑瞻前顾后的团队合作，一个人完全可以由着性子来。因为本人疏于读书，懒于为文，又喜欢由着性子来，诗人是做不来了，所以就混进了画家这个行列。这倒不是说操画笔者都是混子，仅仅是对自己的状态而言。也许这就是天命的安排，老天好歹要有一碗饭给你吃，好比读书人考不得功名退而干算卦这个行当一样。不管是天命的安排，还是后天的修炼，懒怠涣散就成了蘘庐主人的一贯向往。只要有吃的东西，不管好赖，一碗泡面能顶一天，可以十天半月不下楼，关了门待在家里，与纸墨为伍，赖文艺养生，打发日子，消磨时光。好在写字画画不像初习音乐者，不会发出让人崩溃的声音，即使昏天黑地地为所欲为，也不会祸害得四邻不安。家里待腻了，一旦撒出去，也可以半月二十天不着家，东西南北，酸甜苦辣，从来不挑剔，都能够下咽。天命不可违，各自守本分。所以便安贫乐道、心安理得，时时浸淫其中，宠辱不惊；常常留恋难返，乐此不疲。管他呢，自己开心就行。

人生在世，能力有限，安分守命，各尽其责。孔夫子布仁爱复周礼是其天命，太史公著《史记》持公道是其天命，李后主以词为天，宋徽宗嗜画如命，皆为天命。虽然我们这些小角色没法与古圣先贤相提并论，但一心向善总是好的。契诃夫说：“有大狗，也有小狗。小狗不该因为大狗的存在而心慌意乱。所有的狗都应当叫，就让它们各自用自己的声音叫好了。”虽然比喻大不敬，但是话糙理不糙。大德的天命是荫护万众，小善的天命是独善其身。

夜幕降临，小城已是灯火斑斓，窗外依然下着雨，把这座小城美化得像一幅色彩柔美的水彩画。凝神这贵如油的春雨，想想也是，乘风化露，滋润万物这是雨的天命所使，而万物的回馈是不报而报。想人生何尝不是这样，只要你用心做了，小善大善都是善，小惠大惠都是惠，报与不报皆由天命。白石老人说得好：网干酒罢，洗脚上床，休管他门外有斜阳。所以，我们要珍惜上苍赋予你的使命，热情面对你所从事的行当，但行好事，莫问前程，遵天命，顺天理，无不可过去之事，有自然相知之人。

甲午暮春于晏如轩灯下

赵亭人　拟大滌子　68cm×33cm　纸本设色　2014年

我哪里去了？

小时候，听长辈的话，长辈夸我是个好孩子。

上学了，听老师的话，老师夸我是个好学生。

工作了，听领导的话，领导夸我是个好部下。

老外来了，听组织的话，我要尊重友人的民族习惯。

我出国了，听有关部门的话，我要尊重友人的民族习惯。

须发皆白时，回顾人生，我哪里去了？

赵亭人　风雨去年夜　40cm×40cm　纸本水墨　2014 年

梦里故乡

二十岁那年，揣着希望，抱着憧憬，带着铺盖卷坐着手扶拖拉机，在秋雨中告别了送行至村口的亲人，告别了家乡，挤上缓缓北行的火车到省城求学，到如今算来离开家乡已经三十二年了。三十二年，一个二十岁的后生不知不觉中已经是满头飞霜，逼似一个老者，年龄已经超过了当年离乡时父母亲的年龄许多，并且，儿子现在的年龄也超过了自己当年上学时的年龄。三十二年间，世界发生了翻天覆地的变化，同样，那个不足两千人的村落也以惊人的速度改变着。虽然地形地貌基本上没有大的改观，但记忆中的那个少年时代的村落已经彻底地烟消云散，湮灭在历史的长河中了。按理说，每个人对生于斯长于斯的地方，都有着千丝万缕的情结，她是每一个人心中的圣地。但对我来说，故乡已远去，在视野里越来越远，味道越来越淡。这不仅仅是缘于她面貌的改观，根本原因是我心中的那个故乡不存在了。是不是人到了一定的年龄就难以接受新的事物而爱回忆了？不太清楚。我只是在想起那年那月的这个叫作故乡的村庄的时候，不免生出许多莫名的惆怅。

“别梦依稀咒逝川，故园三十二年前”，故乡坐落在晋南的黄土塬上，一个叫作峨嵋岭的地方。横卧在村北的那道叫作“蓬瀛”的梁像一把圈椅半包围着这个村庄，给人一种很温暖很安然的感觉。翻过岭后不远处是那条流水哗啦啦的汾河，流经处据说是唐朝大将薛仁贵打雁的地方，极目处还有那莽莽苍苍的吕梁山脉。村南是平展展的方圆约二十里的万顷良田，放眼尽头是一座高高凸起的孤零零的山峰，传说这是当年介子推隐居不仕的绵山，现在叫孤山。往西塬十里的猫儿岭上有座星星山，这里是隋代大儒文中子王通的故里。同时这里也诞生了他的弟弟大诗人王绩，还有他的孙子唐初四杰之一的王勃。塬上再往西北望，一线黄河在落日下金光灿烂，天气晴朗时，远处的龙门山隐约可见，“鱼跃龙门”的典故便出自这里。村东的坡下也是一片一望无际的平原，古时候叫白水滩，滩南有座萃秀山，河津八景之一的“平原夕照”说的就是这里。明代大儒薛瑄就诞生在这座萃秀山下。虽然这些人文荟萃和我的村庄没有直接的关系，但也可以说明这里是一片“物华天宝，人杰地灵”的土地，至少山川形胜我们是共享的。

在我的记忆中，这个坐落在黄土高原上的村庄，虽不及名村大镇，但也五脏俱全。她和千千万万个在农耕文明滋养下的村庄一样，千百年来一直遵守着“日出而作，日落而息”的古训，慢条斯理地生活，有条不紊地劳作着。虽存在着因地制宜的措施之差别，但其休养生息的主脉基本是一致的。每个村庄有每个村庄的特色，从地势上看，这个普通的村庄和中华版图的“天塌西北，地陷东南”地理形势非常暗合。村子的最高处在西北角，叫天顶。那里有一座拥着厚厚围墙的城堡，墙的四周长满了柏树，一年四季郁郁葱葱的，城堡里面生活设备一应俱全，那里是全村人躲避战乱和匪患的最后一道防线和庇护所。其实以前整个村庄也是有围墙包围着的，吾生也晚，没有见过。只能从遗留下的东关门、西关门、洞门子等遗迹来想象她当年的风采。村的东南是一条大沟，叫敬台沟。这是大自然造就的为百年不遇的水患所准备的通道。

村里最奢侈的建筑是处于中心位置上的关帝庙。但在我的记忆中，那只是墙壁上画着壁画的叫作管理区的大队部，是整个村庄的政治和文化的中心。之所以这样说，是因为面对管理区的还有一座以前给关老爷唱戏现在为劳苦大众服务的戏台。还有各种小庙散布在村子的大街小巷，什么五谷庙、土地庙等

赵亭人　八桂楼前　40cm×40cm　纸本水墨　2014 年

赵亭人　秋山暗淡　40cm×40cm　纸本水墨　2014 年

等。据说还有一座比较气派的娘娘庙屹立在村后的蓬瀛上，但在我记事时，它其实就是一片残垣断壁的瓦砾园子。小时候听贫协代表忆苦思甜，说是当年日本人占据庙宇时，当地的一个叫牛犊子的人在一个月黑风高之夜，一把火给烧了。

除了庙宇之外，村里还有赵家祠堂、王家祠堂坐落在街巷旁。街巷并不宽，曲曲弯弯，宽宽窄窄，特征明显。房屋庭院也是大大小小、高高低低，简奢因人，错落有致。因了地形的特征，即使你闭着眼睛，也能摸到自家的门环。村里古槐蔽日，椿树参天；村边零零散散散布着大大小小的水塘，塘的周边大都长着两三人合抱的楸树。夏天到来时，水塘里除了像泥猴的孩子外，还有小鱼、小虾、小蝌蚪以及叫不上名字的水虫。

原来全村人吃水主要靠天，几乎三两家就有一眼旱井，雨天收集雨水储存在旱井里。老天实在不下雨井枯窨干的时候，就靠村子里的深水井活命。后来，为了解决全村人畜的吃水问题，在村东村西水塘的基础上各修了一面坡池，起名叫幸福池。

起初，村里没有学校，孩子们上学的场所是祠堂、戏台和富裕人家的豪宅大院。那时候我们上学校读书不叫上学，叫到书房去念书。后来盖起了新学校，大家还沿用这个叫法。在村里还没有通电的时候，晚上上自习每人一个自制的煤油灯，放学后大家举着煤油灯照亮回家，远看好像一个个的萤火虫。那时候的天很蓝，深夜里你能看到那满天的繁星在眨眼，月亮长圆的时候，满地的银光能让你真正体会什么是月光如水、月光如霜。

当时的村子里还办有企业社和合作社。企业社里包括磨面坊、碾米坊、扎棉花坊、榨油坊、打铁铺、木工房、油漆组、火补修理部、理发店等等，还有一驾三匹马拉的胶皮轮大车，这是大队部唯一的交通工具，当年的北京知识青年都是坐着它来到村里接受贫下中农再教育的。后来，村里购置了一辆28型四轮拖拉机，三匹马拉的车就靠边休息了。合作社就是现在的商店，老百姓的油盐酱醋烟酒糖茶都购之于这里。

那时候干农活是集体行动，有生产队和林业队。敲钟上地，吹哨回家，分工明确，按劳分配。收秋种麦，龙口夺食，全听一个号令。场院里满槽的牛马，整圈的猪羊，一派六畜兴旺的景象。林业队的瓜果梨桃，应有尽有，虽然不多，人人有份。满坡的柿子树，一片片的枣林，都是集体的，也是庄稼人换取柴米油盐的希望。

……

三十二年，岁月如一枚橡皮，在一点一点地擦去生活的痕迹；更如一把利斧，在一点一点地削去故乡的记忆。枣林砍得所剩无几了，柿子树大都没有了，牛羊之声听不到了，上工的钟声不响了，就连挂钟的老槐树也连根拔了。天上的星星不眨眼了，月亮也不亮了。企业社已烟消云散，空空的学堂里读书声早就不闻了。村里的井填了，幸福池如今也成了水泥硬化的广场。水塘填平了成了庄稼地，四散在村里村外的大树无影无踪了，小巷和巷子里的老房子销声匿迹了，祠堂庙宇也早已毁掉，就是那最后的城堡和护城的柏树也一起抹平了。取而代之的是整齐划一，八家一块，毫无个性的所谓新农村，让你一不留神就走错门的陌生巷间。

儿时的伙伴从言谈到举止越来越接近他的父辈，当年冬日依靠的那堵挡风的北墙和一边抽着旱烟一边聊三国一边向阳的人不见了，熟悉的人一茬一茬地老去，陌生的人又一茬一茬地疯长，那雀跃的儿童是这血脉的延续。马达声代替了杵答声，管乐声代替了唢呐声，电视代替了戏曲。村里熟悉的面孔越来越少，面生的人越来越多。“少小离家老大回，乡音无改鬓毛衰。儿童相见不相识，笑问客从何处来。”这千余年前的乡情虽然依旧焕发着刺眼的光芒，像烈火一样灼烧着我那根敏感的神经，但这根敏感的神经上总是觉得少了点什么。

故乡的背影渐行渐远，梦中的乡情越来越浓稠。眼前的故乡愈来愈陌生，心底的故乡越来越醇熟。依稀中那城堡愈来愈坚挺，那钟声越来越嘹亮，以及那钟声里的老槐树也愈来愈从容。

亭人乙未九月

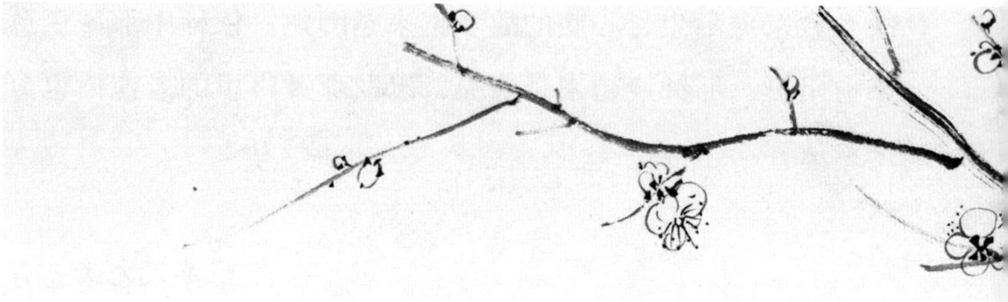

赵亭人　江南春色　25cm×135cm　纸本水墨　2014 年

一人于室

一早醒来，拥被而坐。透过阳台上的花木，望着窗外淅淅沥沥的雨，木木地呆了一阵子，起身下地便觉得有些凉飕飕的，不禁打了个寒战，一夜的雨把地浇透了，也把几天来的热气扫得一干二净。洗漱毕，一如既往上了香，胡乱塞了些东西，顶了把伞便往办公室走。

一个人歪在椅子里，百无聊赖。

陈老这会子是在桂林，还是在北京？

海良兄这会子在隆福寺干啥呢？

陈波兄是不是正在擦拭烟锅？

权利在编辑部还是在哪里逍遥？

健畅兄昨天在朱雀路又淘到了啥宝贝？

子江云游又到哪里了？

聚林是不是昨晚又熬夜了，这会子还没醒？

……

又想起了昨天的事情。

早上起来由弟子陪同冒雨打车到尧庙古玩城逛了一趟。在墨雅斋碰到一部《北魏墓志百种》，尚可。路过一画店，见来自山东的画家被店老板一伙人围着在案前画画，我们原本也熟悉，寒暄过后，老板要我试试他新弄的纸。我深知他的功夫，也知道他是啥意思，就开玩笑说画画能行，拿东西换。经过几个回合，老板咬牙从柜子里抠出一枚印章石料，说是上海某官员家藏，田黄萝卜丝的，如何如何。不用看，肯定不是。谁疯了肯平白无故把田黄送人？但石料还不错，圆润透亮；雕工也好，简素大方。于是就共同合作了幅横披。我撇了几笔兰草，抹了一枝梅干；他写了一枝墨竹，圈了数朵梅花。提款补识，皆大欢喜。

此时楼上的朋友盛情相邀到他店里喝茶，我们赶紧抽身上楼，都知道老板的火力猛、功夫深，待久了怕顶不住。聊坐片刻，倍觉无聊，便给聚林打了个电话，相邀喝茶聊天去了。

……

此时一人于室，乱七八糟的思绪在脑子里过了一通。

一人于室，有种莫名的孤独。突然想起一句名言“孤独一人便会占有一切”。

一人于室，可以什么都不想，可以什么都想。

一人于室，可以让思绪如死神降临般凝固，可以让思绪像雪花一样漫天飞舞。

一人于室，可以由心底发出一声歇斯底里的吼叫，可以静静地于窗前看人来人往。

一人于室，可以与古人为伍，可以与山水为伍。

一人于室，可以望着天花板发呆，可以思念久别的人。

一人于室，可以到天南，可以到海北。

……

电话铃声响起，一惊。

人事处通知评职称要填五花八门的表格，晕。

2008 年 6 月 16 日

赵亭人　天涯一过客　76cm×33cm　纸本设色　2014年

赵亭人　一斛珠　76cm×38cm　纸本设色　2014年

因了心意

一个人一辈子能顺着自己的心意做事情，恐怕是一件很不容易的事，绝大多数人都做不到，除非你有扭转乾坤的本领。小时候我们揣摩老师的心思，想得到他们的夸奖，都踊跃举手说将来长大了要当科学家，要当解放军，要当汽车司机等等，其实这都是受了大人们的暗示才做出的决定。我们根本不知道科学家是怎么回事；至于要当解放军纯粹是喜欢玩枪，喜欢军帽上的那颗红五星；要当汽车司机只是觉得可以开着车到处乱跑，可以到很远的地方。我的一个小学同学，他当时的理想是做一名看坡人，说白了就是农村的昼夜巡查员。他觉得这是比大队支书还有权的一个美差，整天可以不干活，披个大衣提个筐子，手里拿一把镰刀，在村子的周围四处乱转，可以随便搜查每一个过往的人，可以随便吃地里的瓜果梨桃。这虽然是他的真实想法，但是得到的是批评和嘲笑。后来，听说他做过木匠，做过砖瓦匠，开过手扶拖拉机，地里的庄稼活他一样都没落下，这都和他最初的理想毫不沾边。所以，理想和现实相距很大。一个人要想搞清楚自己的真正理想不容易，一个人要想按照自己的想法生活也真不是那么容易的。

倘若真的能顺着自己的心意，实现自己的理想，着实是一件不容易的事。作为一个平常人，治国平天下的事咱且不去想，做一点自己力所能及的事，并且是自己打心底里喜欢做的，就已经开心得不得了了。顺从心意，因了心意，这是天底下最开心的事。每个人有每个人的特长和爱好，这取决于先天的造化和后天的影响，关键是你自己要知道自己适合干什么，干什么自己最开心。至于干得好与坏，高与低都不要紧，要紧的是过程的享受。

本着一个玩的心态，不要想着要如何如何。如果你因唱歌而快乐，也没有想要成为歌唱家的打算，即使五音不全也不要紧，嚎过之后自己觉得和邓丽君一样好就好。如果你因画画而高兴，也没有想要超过齐白石的念头，即使不懂笔墨章法也无所谓，胡涂乱抹之后自己觉得美得一塌糊涂就好。如果你是一个内向的人，又不喜欢外面的花花世界，你完全可以紧闭门户，一个人在家里玩，只要你高兴。如果你是一个外向的家伙，并且还有一帮臭味相投的狐朋狗友，你完全可以由着性子一起东游西荡，神侃鬼谝，只要你开心。……

世界上让你开心的事情很多，让你不开心的事情也很多，开心不开心大都取决于每个人的心情。违背心意，迫于无奈去接受就很难受，只要因了心意，没有反而难受，给个县长都不换的才是你一生中最要命的那个事情。一个人一辈子做不了几件事，能做好一件自己真心喜欢的事就已经很不错很不错了。

赵亭人　正午阳光　33cm×33cm　纸本设色　2014 年

不慌不忙　走在路上

几年以前，从家里到上班的单位，直线距离大约数百米，因而常常是埋着头步行上班，步行下班。走在路上，有时候也偶尔瞥一下路的两边，路边的风景无非是些来来往往上班的人群，还有就是穿插在水泥建筑空隙里的老槐树和法国梧桐。这些遍布于城乡各个角落的树种，不管是花开花落还是叶绿叶黄，对于走在路上的人们而言，这单调的风景早已是司空见惯的，自然熟视无睹，也觉得没有多少新鲜和特别之处。

后来，搬了新家，离开筒子楼住进了新楼房。好在是上班比以前也远不了多少路，习惯成自然，依然是埋着头步行上班，步行下班。忽然有一天，妻子从外边回来惊喜地说：楼下有一株梅花开了。一愣，楼下有梅花吗？北方怎么会长梅花呢？披衣出门，下楼寻找，在密密匝匝的花椒树丛里，昂首挺立着一株开着疏疏朗朗的白花的树，哦，是杏花。

这时候似乎有些扫兴，回头又一想，古人不是有一句谐音对联，“因荷而得藕，有杏不须梅”吗？再说了，杏花不比梅花差，也有其自成一世界的魅力。这株原本是园丁在栽种花椒树的时候，无意夹杂的杏树，在万木萧条的早春时节，却成了装饰这些毫无表情的楼群的一道靓丽的风景。

原来我们身边也是有很多很美的景色的，只是我们埋头行走，疲于奔命，忽略了那些不时闪现在我们左右而稍纵即逝的景色，错过了与她们亲近和交流的机会。狭窄的眼界使得我们单调了平日的生活。

生活在这个提速发展的时代，人们好比挤上了高速列车，身不由己，想慢也慢不下来。更有甚者，犹如裹入洪流滚滚，在波涛汹涌的激流中，涌向莫名其妙的远地。

层出不穷的物质刺激，迫使我们拼命去满足自己对物质需求的欲望，物欲的横流淹没了精神的桃花之源，没有了本我，逼迫我们放弃了真我的精神生活的享受。

试想一下，只要我们稍稍慢下来，你就会发现，即使是很不起眼的一段路也有她独特的景色。

在上班的路上，还是那数百米的路程，还是那毫无表情的水泥建筑空隙里的老槐树和法国梧桐。我们不慌不忙地徜徉其间，五月的槐花竟是那样的黄灿灿、明晃晃，一阵暖风吹过，贴身的槐香包裹着你，缠绕着你，挥之不去，真实得就像用手一抓就能带走一样。炎炎夏日，法桐林荫道上，热情的风穿过碧绿欲滴的叶子，带着沁人脾肺的气息时不时地去撩逗一下你，犹如情人的抚摸。

我们轻松地在乡间小路上骑着脚踏车，路边的三绿色的酸枣状如婴儿的指肚，还有成片的狗尾巴草丛里夹杂着的车前草、石蒜花、马莲花。停下车子，脱掉鞋子，顶着烈日，听着知了毫无顾忌的鸣唱，走在晒得冒泡的细土里，一股热流从脚直蹿头顶，一下让你打个激灵，太舒服了。一下子就让我们回忆起那无忧无虑的童年时光。

穿过恭王府里天香庭院旁边的窄窄甬道，驻足侧耳，听着墙内竹林里时隐时现如天籁般的琴箫优雅吟唱，每一个音符都在拨动着你的心弦。举目望去，一轮明月高挂苍穹，天光如水，万籁俱静。此情此景，便让人有了吟诗作画的欲望。假如还是这样的夜晚，自称旧王孙的溥心畬先生这会在干什么呢？

漫步在细如丝润如酥的江南雨里，拂开如垂帘般的柳枝，赏罢梅花，驾一叶小船盘旋在太湖上，把脚放在清冷湖水里，亦可濯足，亦可当桨，由着不系之舟漫无边际地漂荡在湖上，惯看湖上来往摇曳的船只，哪一只是倪高士的船呢？上岸再于鼋头渚的禅房里要一壶明前茶，就着滴答扰人的芭蕉雨，倾听着大隐禅师的妙语玄理，天下就没有大事了。

蜷曲在如斗的蜗居里，也是大有乐趣。睡觉睡到自然醒，醒来第一件事是浇花理草，扫地净几，心香一瓣，清茶一杯。常以诗书娱小我，风翻哪页看哪页。神清气爽时或为山川移形，或为花草传情；精神倦怠时或谢客闭门与古人神会，或邀友出门看山。修去人间恶相，不惧马面牛头，不慌不忙地沿着真我的心路走着。这样不慌不忙的心境以及这样的态度，意趣相投地走在一条路上的人有多少呢？我想是大有人在的！

当我们坐车旅行在中途休息的时候，不要老坐在座位上，你可以下来走走，也许路边那些不起眼的野花，会扫去你旅途无奈的疲劳，终点的风景也许不如她生动。当我们下班回到家里，你不用急着休息，你可以到窗前站站，也许那并不名贵的花草，会给你带来好心情，虚幻的梦境也许不如她真实得可亲。都说是庄周梦蝶，玄机难参，又有多少人能悟元人景如启所叹“梅花是我，我是梅花”？

心已安，理且得，走在路上，不慌不忙。

一切都在。

河东亭人写于晏如轩上

2009 年 12 月 24 日

赵亭人　芙蓉花开　40cm×40cm　纸本设色　2014 年

赵亭人　大吉　40cm×40cm　纸本设色　2014 年

就这样恬淡如水的日子

1998 年的秋天，我结识了权利君。

那一年，我到中国艺术研究院访问学习，住在前海西街恭王府内的研究院宿舍，同期来上博的权利君正好就住在我的隔壁。我们二人虽来自秦晋两省，但是我们的家乡却仅一河之隔，因为方言俚语相似，生活习惯一般，而且都姓赵，“天水传孝道，半部振家声”，所以很快就成了无话不谈的“亲兄弟”。巧的是我们共同受业于陈绶祥先生，成了同门，当时陈先生住在南竹竿胡同的大院里，所以，课余我们经常一同骑着自行车到南竹竿胡同去吃“偏饭”；也经常一起揣着赠送券去中央戏剧学院看话剧、听戏，去书店、书市“游逛”。天香庭院散步，灯下盘膝话旧，一起游历宁扬苏锡，共同饱览京郊名胜。一来二往，再加上脾气相投、秉性相合，短短一年的相处，我们便由同学而朋友而兄弟了。

随后的十几年中，“良友远别离，各在天一方”。权利君现在已举家定居京城，我依然生活在原来的小城，见面的机会虽少了许多，但在这个电子信息发达的时代，我们之间还能保持着最原始的散着墨香的书信往来，这是一种多么温馨的情谊。有时候他回老家省亲，路过我这里还能在家住上一晚。“相见亦无事，不来常忆君。”在如今这繁缛纷杂社会中，能有一个这样的知己，已经是一件很奢侈的事情了。

权利君是一个温和内秀的有心人，随便一件不起眼的东西只要经过他的手，马上就会变得“宝贝”起来。他曾经得到一方很普通的小砚台，从石质到形制都是一副大路货的样子，过了一阵子，再看这方砚台，样子修饰得文雅端正，原来干巴巴的石头已油润得让人爱不释手了。一个人心性的粗细和对生活的态度是足可以表明一个人的生命状态的，生活质量的高低它不在于你对物质要求的多寡，而是在于你有没有一颗热爱生活的心。丰子恺先生说：这个世界不是有钱人的世界，也不是无钱人的世界，它是有心人的世界。

记得当年在一起的那段时光里，权利君本来是科班出身，但几乎不见他画画，而是经常写字。他把廉价的毛边纸裁成小块，又小心翼翼地反复抚展抚平，一笔一画地临帖，写出来的字文文静静的，活脱脱一副民国老先生的样子。后来，他印制了一本自己手书的《弟子规》，简洁素雅的封面也是他自己设计的，展卷开来，一行行秀雅的字钻入眼底，让人舒服得不得了，即使心情再浮躁的人也会安静下来。也许对于时下纠缠于书法技巧的人来说，可能觉得他的字在技术的层面上或许少了些什么，但其所具备的十足的文人气息不正是我们当下许多书家梦寐以求的终极目标吗?

在画画方面，曾经我和权利君有个约定，就是每年要给我"交作业"，多少年过去了，权利君陆陆续续地给我交了好多作业。他喜欢画兰花、竹子、荷花，所画花卉既有八大的冷峻，又有吴镇的文雅，冷峻中透着温和，文雅间不失豪气。观其画如观其人，画表心声 ，亦显性格，画恬淡如水，人也恬淡如水，与其为伍，犹如与兰竹同行。

权利君的老家在陕西，在八百里的秦川东头，抬头就是西岳华山，渭河日夜从村后流过。明山秀水，不仅滋养着那朵高耸云天的硕大的"莲花"，也培养了这里的人们豪气诚厚的品格和悲天悯人的心性。有一年我带父母去北京旅游，父亲突然发病，被送进协和医院抢救，昂贵的医药费让我一时束手无策，我想到了已经在京工作的权利君；虽然我知道他们刚刚安定下来，手头肯定也不宽裕，但是我还是拨通了他的电话。手头紧巴的他帮我垫

赵亭人　春风里　80cm×38cm　纸本设色　2014年

付了所有的医药费，解了我的燃眉之急。想起来当时的情景，亲兄弟也不过如此，一个人能如此地真诚待人，这和他生长环境的熏陶分不开，更和他的天性禀赋分不开。

曾经因为工作的需要，权利君到云南保山挂职“当官”，期间他盛邀我和端堂兄去“参观”，在他那套硕大空荡的临时居所里，陪伴他的是窗台上的一盆兰花和书桌上的纸墨，一个人住在这样的“豪宅”里显得很孤独，“独在异乡为异客”的感觉便油然而生。十多天里，我们探访梨花坞，漫步板桥镇老街，在怒江边的傣乡吃烤鱼，酒后在龙陵县泡温泉，步茶马古道，登松山眺望，到腾冲拜谒国殇园，于和顺老镇寻古，龙泉寺湖边垂钓，太保山松间赏月，每日里与山水为伍，整天价同朋友做伴。我想我们的到来也许能多多少少稀释一下他的异乡寂寞之情吧。

人生是艰辛的，初居京城的权利君，一家三口租住在恭王府东边南官房胡同一间临时搭建的十几平方米的简易房里，门口紧挨着一棵大槐树，进门要侧身，房子的地面很潮湿而且比外面的道路低，进门要下台阶，还好这是北方，要是在多雨的南方岂不是要经常遭水漫了？屋里没有一件像样的家具，除去必要的生活用品全是贴墙高高摞起的书，真真正正是一间名副其实的“容膝斋”。

现在大家的日子也慢慢好起来了，他也在京郊有了一处固定的住所。有一年我出差顺路去看望他，房子虽说比以前大了许多，大约六七十平方米的两室一厅，奢侈的是，他的书满满地“霸占”了一间房，而把儿子的床挤到了客厅。在他家的楼下，楼门口有一块空地常年荒着，或许是出于农家孩子对土地的眷恋和珍惜，或许是出于生活情调的驱使，权利君曾经在这块土地上种过玉米，还种过其他的植物，经过几番更易，现在已经是一片郁郁葱葱的竹林了。

在这个热闹浮躁的京城，一个人能如此泰然自若，看淡名利浮华，自得其乐地过着平淡的日子，这是需要定力的。这种定力是需要寂寞和孤独来磨炼的，但透过这层我能看到权利君内心世界是丰富多彩的，生活是优雅恬淡的。

现实的生活是孤独寂寞的，也是丰富多彩的。它可以把一个人变得浮躁不安，同样也可以把一个人修炼得恬淡宁静，一个人对生命状态的选择和把握完全取决于他的禀赋和修为。有的人倾其一生在“浮华名利场”竭力厮杀，有的人则“少无适俗韵，性本爱丘山”，心向往于“守拙归园田”的生活。权利君他当属后者。

丙申早春二月蕖庐亭人于晏如轩

赵亭人　无树无台　90cm×40cm　纸本水墨　2014年

文心画意

——摘自《美术观察·三人访谈》

1. 作为中华民族文化的艺术表率，国画一直是立足于文化基础之上来彰显其基本特征和文化追求的。不消说，诗文是这个厚实的基础结构中最重要的组成部分之一。你对国画的诗文基础有什么样的基本看法?

说到诗文与国画的关系，纵观历代遗留下来的众多的关于诗画一体的理论和作品，我们不难看出诗文对国画的影响之大之深远，特别是唐宋以后尤为明显。诗词文化的魅力为以后国画艺术的发展制定出了优雅的格调，也给国画的发展确定了努力方向。其中苏东坡对王维诗画之评价，已经成为后来致力于国画学习的学子们不可动摇的方向，“诗中有画，画中有诗”成为一个评判诗画优劣的圭臬。所谓“诗中有画”，是指通过语言艺术调动出读者对造型艺术的通感，景在情中，情中含景，使客观的景象主观化。同样，所谓“画中有诗”，是指在有形的画面中，借助诗文来延伸画的意境，诗的情趣和不尽之意在画中得到彰显，使读者在其有限的尺幅里得以无穷的遐想。这种诗画交替的影响，给人们精神的向往和心灵的依托找到了一个可靠的家园。后来的如倪云林、金冬心、齐白石等，他们都是亦诗亦画的努力践行者，且以诗画彪炳后世。虽然他们所处的时代不同，地位不同，追求不同，风格也不同；但都在一个大的文化背景下，并且也成为再后来者学习膜拜的典范。在这千余年的历史长河中，他们很好地延续了这个诗画相辅相成的理念，成了他们所生活的那个时代以至后来者顶礼膜拜的偶像，也构成后来中国画发展的一条主脉。诗文作为纯正的国画艺术的坚实基础，我们绝对不能抛弃或者冷落它。国画要发扬，诗文修炼是不可或缺的环节，如果离开这个赖以生存的文化基础，真正意义上的国画便不复存在，我们的国画艺术随之也失去了精神的生命线和心灵的安处斋。处在我们这个飞速发展、艺术多元化的时代，由于种种原因，在某种程度上，国画渐渐远离了或者说疏远了那个千余年来赖以生存的诗文基础，文化的盲目崇拜加速了国画艺术的变异，真正以诗入画、以画表诗的作品是少之又少，要么是直白白地“远看大石山，近看石山大”，要么是干巴巴地“为赋新诗强说愁”。这是很可悲的。我们可以提倡艺术的多元化，但不能脱离我们的文化主线，不管如何，我们的脚已经深深地踏入了这块滋养了我们五千年文明的大地。“江山留胜迹，我辈复登临”，只有我们紧紧把握住这条生命线，在前人的基础上，不断地努力继承和发扬，我们的文化就不死，国画就不死。国画如果离开这个文化基础，无异于是无源之水、无本之木。

2. 近年来你的画很有起色，从中我能品读到纯正的诗文气息；你借助的题材虽然有侧重，对意境的追求也有所不同，但是融入其中的诗文气息对各自境界的造就作用是毋庸置疑的。从诗文修养转化为绘画实践，这方面你有何心得？请具体谈谈。

画是展现作者的个人思想、生活情趣的一个载体，诗文是丰富和滋养这个载体的不竭源泉。如果没有很好的文学修养做基础，你就是有再好的绘画功力，你所表现出的思想内容也是苍白的。画中的诗文气息就是画者个人的文学涵养在画中的集中表现，画者是借助诗文之帮助来更好地表达自己的思想，以文养心，以心向画，读书行路，然后你才有可能于笔端更好地表述自己的心路。古人云“诗情画意”其实很好地把诗和画的关系做了总结。

诗文的修炼不是一朝一夕的事，它是一个漫长且枯燥的文化苦旅。要有能耐得住寂寞的本领才行，慢慢以诗文滋养绘画，文火慢攻，凤凰涅槃。同时你必须要具备一个良好的心态，尽量排除干扰，贪欲少一点，优雅多一点，对名和利淡泊一点，能舍得，能放下，有舍才有得。思想由感性归于理性，心态由浮躁归于平和，生活也由复杂归于简单，自然作品也会由原来的繁艳逐渐归于简静。人常说“诗为心声，画为心声”，育什么苗结什么果。

将诗文修养转化为绘画实践，它不是简单地再现诗文意境或做图解说明，它是一个从无形到有形，从抽象到具象的转换，是要通过一个综合功能的途径，才能达到的理想境界，比如它和笔墨、气韵、个性、师授甚至交游等等紧密关联。笔墨的修炼也有一个相当漫长和枯燥的过程，没有“废纸三千，铁砚磨穿”的经历是不可能有收获的。格局的大小，气韵是否生动这是靠天分来决定。个性则是天分和后天的修炼共同作用的结果。然后要有高人的点拨，犹如进山探宝，无高人指点迷津，你将是无功而返，任凭你有多大的能耐。虽然绘画艺术没有捷径可走，但得到指点你会事半功倍。从体贴乡间小路边的一朵小花，到你登临名山大川，因了你的心情不同，你会涌出好多诗句来借景表情，诗就是最精练的语言。诗是画的精灵，

“海棠未雨，梨花先雪，一半春休”，一幅画就在眼前了；“水边林下两三株，瘦影看来有若无”，有心人一看就知道是在说梅；“十里烟柳隐茅舍，一杯碧茗滤诗思”，好不惬意；“溪鸟山花共我闲”，“山深云满屋，夜静月当门”，三两句就能表情达意，诗文以情延伸画意，画作以意彰显诗情。只要具备了以上要素，然后再进行绘画创作，你就有可能得到意想不到的结果。你才有可能如古人所说“如猛虎靠山，似蛟龙入海”，如庖丁解牛，游刃有余。

3. 把这些心得梳理出几条经验，你认为最关键的环节在哪里？请言简意赅地表述。

简而言之，无怪乎这么几条，不薄古人，贴近现实，读书行路，以文养画，平和心态，废纸三千。总之，中国画离不开我们五千年的文化，没有了它的依托，什么都是苍白和没有根基的。

2010 年 1 月 15 日

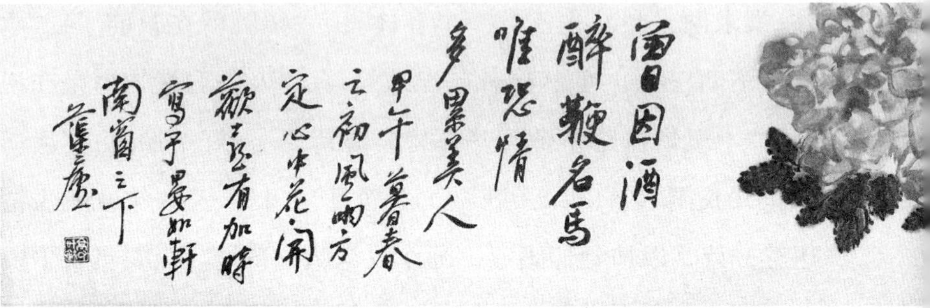
曾因酒醉鞭名馬
唯恐情多累美人
甲午暮春之初風雨方定心中花開歡喜有加時寫于晏如軒南窗之下

赵亭人　玫瑰岁月　25cm×135cm　纸本设色　2014 年

平民幽默

前几天，几个好久不见的朋友相约聚聚，在一家路边饭摊边吃边聊，因天热一老兄挥扇快疾，呼呼作响。看着这老兄很卖力气的样子，我便想起乡邑的一个幽默故事。也是大热天，一老兄挥扇如斯，不能自已。一老弟见状，言道："如此鼓劲，何能得凉耶？小弟告一良方，兄不必费力立刻得凉爽。"此老兄莫名其妙，打躬请教。"兄将扇柄插入墙缝，对扇反复摇头即可得矣。"众人喷饭。

更前几日，还是几个好久不见的朋友相聚于一家饭馆，中有佳人在座。天热久不落雨，恰好昨日下了一场雨，恰好这位佳人这日出差外地，没有享受到这雨的滋润，便有莺声燕语唠叨："我在家都好好的，刚出门一下下，这老天咋就哭得稀里哗啦的，真是的。"众人皆抱腹。

70 年代末 80 年代初，乡村的红白喜事也赶时髦。不管谁家有红白事，不唱传统戏而改作放电影以壮声势——村中一年四季的文化娱乐基本来源于此。冬季来临，北墙根一溜排开蹲着的全是白胡子在向阳取暖，捣蛋的青皮戏称其为“等死队”。小学生放学，调皮子弟见状，以手一一点曰：一场电影、两场电影、三场电影……此话虽大不敬，但一方面说明当时乡村文化娱乐的缺乏，另一方面也说明老人们安于享受现世的幸福。时过境迁，等我们老了的时候，会不会有这北墙根依靠？能不能享受这缕缕阳光的沐浴？

2008 年 7 月 24 日

赵亭人　石门读碣　33cm×36cm　纸本设色　2014 年

赵亭人　千里万里　33cm×36cm　纸本设色　2014 年

泽　民

泽民姓赵，今年十七岁，细长细长的身板上顶个小圆脑袋，像个菜芽；但不是城里人说的那种温室里发出来的蜡黄的豆芽菜，倒像是乡间路边粪堆里冒出来的茁壮的西瓜芽。一对门缝眼，两孔朝天鼻，露着一对大板牙，一副少年不知愁滋味的纯正的乡村少年模样。算起来也沾亲带故，他是我二伯父家的堂姐所嫁的本村一户人家他大伯子的二小子小斌子的独子，从小就不爱念书，整天和老师家长捉迷藏，身在曹营心在汉。他老子是个盖房修院的把式，他小学没毕业就被领回家跟着他老子当小工做泥水活了。

前一阵子我回家盖房，小斌子是包工头，泽民在其中负责运砖和泥当下手。孩子一脸的阳光，哼着时下流行的歌，一会儿驾着蹦蹦车绕沙堆绕架管绕水锅很灵活地把车停到指定位置自装自卸运砖，一会儿蹚水和泥筛沙捣灰，一会儿在架子上开起卷扬机吊灰吊泥，热了一头扎进水缸，然后用汗衫一抹了事，浑身都是碱圈圈。中午歇晌，今天从裤兜里摸出个袋装鸡脖子一边啃一边让你，明天大摇大摆嘬着个冰糕问你吃不吃，一会撩猫一会逗狗，快活得很。这家伙虽不爱读书，但很聪明也不乏幽默，现如今城里孩子知道的他也知道，啥汽车高级哪里和哪里打仗因为啥啥炮弹厉害他都门清。你说不念书干体力活多遭罪，他说你们城里的好多大学生还给小学没毕业的打工呢，当下你就无语。干活中间有时冒出一句话很幽默也很惊人。一中年土工说搬砖太累了，泽民说你提个孝棍子肯定不累，（孝棍子是本地家里老人故去，做孝子的提的高粱做的物件，以示沉痛）那人顿时无语，在旁的人笑得前仰后合，说这小子骂人不带脏字。诸如此类的话很多。

现在好多和泽民同龄的孩子，这会子一脸苦相正在书山上攀爬学海里拼搏，为那千分之几万分之几的功名机遇在折腾，进好小学进好初中，再进好高中、好大学，硕士博士，欲一路春风，光宗耀祖。殊不知我们的大人们忘记了因材施教的古训，拔苗助长牛不喝强摁头赶着鸭子上架。村镇的学校越来越少，精减并校犹如抗战时期的并村合社，小村的孩子到大村去走读。时下兴起民办学校，小学中学大学鱼龙混杂，村里隔三岔五就能听见洋鼓洋号响彻云霄招揽生意，某某家的公子考进县中学挂匾哩，谁谁家的千金上区重点中学送锦旗哩，我清楚，他们是为了赚钱在作秀。

看看和泽民一样快乐无忧的孩子，再看看背负着民族希望奋发于书海的孩子，我不知道说什么好。

2008 年 7 月 18 日

赵亭人　榴花照眼　76cm×38cm　纸本设色　2014年

秦瑞全

师范大学南门外的对面有一爿书店叫石迟书屋，店面不大，二十平方米左右，店主名叫秦瑞全。门头匾额是一位当地名流书家的手笔，不知店主因何典故而命其名，白底黑字，虽然夹杂在红绿林立的众多饭店酒馆牌匾中间，还是很醒目。店主原是师大中文系毕业，毕业后找不到合适的就业单位，就开了这家书店，所进书籍品位较高。源于此，我便隔三岔五去溜达一遭。这倒不是说我的品位有多高，主要是我就住在他的对面，也能谈得来，是个聊天的好去处。只是书店经营惨淡，勉强可以维持。

由于移居原因，有好一阵子没有工夫出来溜达，偶尔有一天坐车路过南门外，也是偶尔朝书店的方向扫了一眼，白底黑字不见了，书店不见了，取而代之的是一方大红的招牌：秦氏手擀面。因为是夏天，店外乃至整个街边红男绿女，气象万千，只见脊背不见头，一群刑天似的一圈一圈地围着方桌，埋头认真吃饭。书店倒闭了？易主了？

终于有一天，几个老伙计相约聚聚，一个伙计推荐说有家新开的秦氏手擀面还不错，也合我意，主要是想看个究竟。进了店门，迎面招呼客人的竟是那个圆脸戴近视镜的秦瑞全，满面春风，笑意由衷。店还是那个店，人还是那个人，不同的只是由经营精神食粮改成物质食粮了。经营范围很简单，以手擀面为主，兼以小凉菜。说实话，饭菜和其他的小饭店大同小异，勾人的是手擀面那三个字。人们在拼命追求机械化带来的便捷的同时，在吃的方面也在思念手工作坊所特有的纯真味道；一边享受着现代文明带来的好处，一边梦想着自给自足的田园生活。

忙得不亦乐乎的店主送走大批的食客后，抽嘘声也小了，才有工夫和我们聊了几句。书店实在是开不下去了，想进的书没人看，下三滥的书不想进，且看书的人越来越少了，有时几乎是门可罗雀，月月赔钱，饥荒越来越多，债台越筑越高，没法子。关门？老婆孩子是啥？总不能把嘴挂起来吧？改弦更张，开饭店。就开小饭店，一是投资小，见效快；二是不怕单位签单欠账，哪个领导好意思黄了这小本经营？小饭店现在很火，一年四季食客不断，确实比开书店强，不但还清了饥荒，削平了债台，还准备着开分号了。我们是善吃的民族，民以食为天嘛，老祖宗说得多好。

后来，听说同病相怜的席殊书店关张了，风入松书店以及师大周围的几个像样的书店也改头换面或经营中高考资料，或改饭店或其他了。华灯初上时，大街小巷，人头攒动于炊烟缭绕的小吃摊和烤串旁，摩肩接踵于林立的卖衣摊和鞋摊前。大学生进货大学生买，下岗待业者经营大学生买。从幼儿园到上大学，书都读恶心了，但一定要善待自己的肠胃和肢体，这肯定没错。人们也知道充分利用资源，围着大学就要靠大学养活。所以，生意兴隆通四海，财源茂盛达三江。所以，这一派繁荣景象是在所难免的。所以，秦瑞全之流以及他的石迟书屋们见鬼去吧！

2012 年 2 月 19 日

陪 吃

经常会拗不过世情的执着，被盛情邀去吃馆子或者去陪饭局。如果你是主客，那还好说，起码你还可以掌握主动权，在座的客人至少还是以你为中心展开话题的。主家肯定是要早早到场的，接下来陆陆续续到场的是各路陪客，一般来说主客总是最后一个到场，姗姗来迟，让大家翘首以待，这样才显得有众星捧月的感觉。如果你是陪客，那就有些麻烦。如果所谈之事和你半毛钱的关系都没有，真的会让你昏昏欲睡、百无聊赖，这简直是世界上一件很无奈很无聊的事情。望着满桌高叠毫无表情的生猛海鲜鸡鸭鱼肉，听着他们相互之间言不由衷的恭维赞誉，还有什么家长里短，升迁赔赚。如果你在酒桌上还敢摸一下酒杯，这就等于你告诉别人，你是刘伶投胎、李白转世，再加上你如果面情软，又不好意思拂持杯敬酒者的面儿，那不把你灌得五迷三道神魂颠倒是不会罢休的。倘若你就铁石心肠，死狗扶不上墙，这倒也能省却了许多的应酬和不必要的麻烦，然后你在他人眼中就像空气一样，然后你无聊地一杯一杯地喝着那由酽到寡的茶，一根一根地抽那一个味道的烟。好不容易熬到酒干席散，然后还要经历一番主谦客恭，打躬作揖，依依惜别，他日再约的过程。等到作鸟兽散时，你已经累成了孙子。人在江湖，身不由己，如此再三，不胜其烦。

天下基本上没有白吃的宴席，纯粹的朋友聚会除外，至于婚丧嫁娶的宴请不在所谈之列。设宴请吃者，大都怀有各种目的，有准备提拔预先请的，有准备办事情提前先请的，有事情办到中途鼓劲加油请的，有办成事后答谢请的。办小事小请，办大事大请，我们是人情社会，享人之肴，替人办差，大家都觉得很正常。小官请大官，大官请更大的官，这是为有朝一日能升迁做铺垫。商人请能让自己发财的，要办事的请能办事的，有酒肉铺路就能快捷方便，其间也学问很大。主家请客，若只请主客一人，宾主二人显得冷清，所以要有诸多陪客才气氛热闹。但是陪客也不是随便请的，请什么人让什么人做陪都要缜密考虑，不可乱来。就好比中医开药方，君臣佐使都要匹配，不然会出乱子，会毁了请客的初衷。

陪吃是一门学问。要想做一个合格的陪客，你首先要具备把大把的时间任由别人糟践的心态，然后是能忍受一切来自四面八方的和自己毫无关系的话题，关键是还要自始至终保持一副热情洋溢的脸，还要有让宴会从一个高潮推向又一个高潮的本领。方如此，才能不辜负主家的良苦用心，才能是一个功德圆满的陪客。

2006 年 8 月 12 日

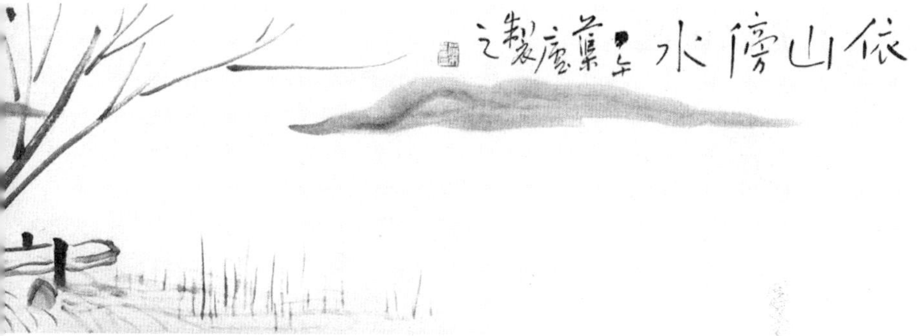

赵亭人　依山傍水　20cm×135cm　纸本水墨　2014年

由一个老汉说起

中午吃饭毕，歪在床上看电视，CCTV10频道在播放一个莫名其妙的节目——一个老汉嘴绑口琴，吹着歌子，两脚鞋底上钉着铁架各拴着一支毛笔，两手各抓着一支毛笔，身体缓慢扭动着，四支笔在纸上各弄出一个字：吉，庆，有，余。

且不说这个老汉的字画得有多么难看，如果这个老汉把这种把戏仅仅作为活动身体的一种手段，我绝对不能不以为然。如果央视也是出于对老年人身体的关怀备至，放在《夕阳红》里或放在杂耍节目里播放，我也不敢说个不字。但是我却听到他们振振有词地在谈论“书法艺术创作”的话题，如何如何。哎……哟……我肚子痛，我想吐。CCTV在干什么？宣扬什么？到底要引导喜好书法的人们咋整？

在我的印象中，我们的媒体，我们的舆论工具，我们的好多行业一直以“猎奇”来招揽顾客，恰恰忘记了一个“好”字。拼命说着“创新”，淡漠了“继承”；热衷于“新奇”，冷落了“经典”。我们似乎忘记了不继承何以发展，忘记了无经典何来创新的起码道理，一味地追求一些莫名其妙的东西。那么“经典”是什么？“经典”是“经史子集”，是“典范”！时下，人心不古，利欲熏心，许多人不顾廉耻，到了令人发指的地步。这种案例不胜枚举，各行各业，层出不穷。比如一家著名电视台的著名节目主持人，毛笔字写得极烂，奇臭无比，借着工作上的便利，堂而皇之地把自个的狗八叉字张扬于亿万电视观众之前，名曰“书法艺术”。我都替他脸烧。我们要知道隔行如隔山的道理，你以为你嘴皮子利索字就写得如你嘴皮子一样溜？你以为你会要把戏就能写字蒙人？凡事要讲良心，我们的媒体工作者和还有点良知的人们，本职工作之外业余爱好多多益善，“广交友，结善缘”，不成熟的活计不必拿出来见人，弄点真才实学，不要猎奇。不要以为“新”“奇”“怪”“斜”的东西就都是好的东西，不成熟的东西不要拿出来，会丢人现眼的。不要见利忘义，要积德，不要误人子弟，误人子弟如杀人父兄！

2007 月 3 月 14 日

赵亭人　乍入丛林　33cm×33cm　纸本设色　2014 年

不吐不快

3·15，打假日。全国人民振臂高呼，有冤诉冤，有苦道苦。除去假发、假牙、假肢等，余下的皆是老鼠过街，人人喊打。在儒说儒，在商言商。在此说说精神食粮——书画艺术品市场之我见。

从作者区分：有书画名人，名人书画；专业的，业余的；投机者和混混。从水准区分：都存在着真、假、高、低。所有从事者之中，书画名人和专业的属于圈内的，其余属于圈外。今天说打假，好的略去不说，只说假的，不属于真正书画范畴的。

举例说明：

1.把自己挂在飞机上，头朝下，吊在半空，竭尽全力飞舞着如墩布一般的毛笔，在足球场铺纸刷“龙”“虎”“腾飞”“奋斗”的，顶多算杂技，属于投机者。既然你没有恐高症，做个蹦极运动员比这体面。

2. 四肢健全，用嘴叼笔，腋下夹笔，以脚代手歪七扭八画字涂画的，是哗众取宠，利欲熏心，属于混混。发财的路子很多，要是想钱想得不行，你可以去开煤矿，比这肯定赚得多。唉，怕苦又怕死呀。

3. 无心思从描红做起，急于发财，自家臆造汉字，画个猴头、马头、虎头、龙头，下面拽半个自造的篆字，美其名曰“形象书画”，哄骗无知者和老外，走街串巷，骗些银两的，是书画界的大混混。你就不想想这既害了国人，又丢了国人的脸面，老外不都是傻瓜。不要把人丢在国外，积点德吧。

4. 本来艺术水平挺高，由于官居高位，大权在握，疲于应酬，无心潜修，拿应酬之作糊弄崇拜者的老艺术家，你们这样做对我们的中华文化艺术和后代的影响危害极大。因为你们在这方面代表着国家的文化形象和中华文明现阶段的最高标准，有千百万人盯着你们，切不可为老不尊。

5. 本来在其他领域里既是大腕又是大爷，且成绩显著，喜好舞文弄墨无可非议；但是非要以己之短，堂而皇之张宣于世，犹如倩人遮面露尻。我劝诸位爷们姐们，私下里玩玩算啦，千万不可当真，在这个圈子里你顶多算个票友。当然，改弦更张的另议，也许你能在这边翻江倒海，成为一方霸主。

6. 本来是专业人才，事业也方兴未艾，却以为自家神通广大，文武双全，是“万金油”。国画热闹弄国画，油画热闹弄油画，工艺热闹弄工艺，什么热闹弄什么。那叫一个忙啊。你浑身是铁能捻几颗钉？朝秦暮楚，到头来鸡飞蛋打一场空，还只说天不睁眼，自家命苦。

7. 说说业余爱好者，有当官的、为民的、退休的、暴发的，士、农、工、商等，我劝诸位把这活计当作陶冶情操、修身养性的玩意儿吧，你的新仇旧恨、喜怒哀乐可尽情在这里发泄，还不犯法。万不可把这玩意儿当作发家致富、名利双收的家当，万不可拿鸡毛当令箭，以为自个功德圆满，是一方诸侯，厉害得很。要知道从古到今，从中到西从事这个行当且名头不小的饿死的也不少。

……

诸位看客，切不可对号入座。我是本着治病救人、广结善缘的态度才啰嗦了这许多，大家好自为之吧。

2007 年 3 月 15 日

晏如轩随笔

夜来无事，挥扇驱暑，翻无聊电视，新闻报道说京畿之地，天子脚下，竟有不法商贩将纸箱以火碱化之，然后剁碎再加以肉精粉，包成小笼包子售于市井。目瞪口呆，惊愕之余，不敢想时下于市井之中，你敢吃啥？我等草木之人何以应付！物质生活如此，精神食粮如何呢？

试举一例，或可略见一斑。

还是电视节目。文化教育节目《鉴宝》中，故宫博物院一鉴定专家，经常行走于《鉴宝》栏目，把宋书法家米芾念作米费，芾是多音字？真令人目瞪口呆。如此等等，随处可见。

时下夸耀我们自己的文化时，譬如赞苏州，说是中国之威尼斯。如此等等，亦随处可见。不懂。是不是意大利赞威尼斯，也说是意大利之苏州？

改革开放，国门大开，你来我往，好不热闹。洋人来了，观光投资，“有朋自远方来，不亦乐乎”。我们接受培训，我们得尊重客人的风俗习惯，这没错。我们的腰包鼓了，走出国门旅游观光，客随主便，我们又接受培训，我们得尊重主人的风俗习惯，这也肯定没错。那我们的风俗习惯谁去尊重？

我们哪里去了？又不懂了。是不是我们全民缺钙？或者说是软骨病？再或者说是被哪吒抽了我们的筋？

法国人考研、职称评定考不考外语？

2007 年 7 月 13 日

坐看雲起

赵亭人　坐看云起　20cm×135cm　纸本水墨　2014 年

为何？

我们的祖先留给了人类四大发明。

为何现在的我们在科学技术领域，如汽车工业、航海事业、印刷技术等等方面挤不进世界先进行列，老跟在人家屁股后面学？

我们的祖先留给了我们黑头发黑眼睛黄皮肤。

为何现在的我们叫我们的下一代哭着喊着去人家的家里去当香蕉人？自己家的孩子非要让人家去调教？

我们的祖先留给了我们五千年的灿烂文明。

为何现在的我们动不动就套用别人的文化捉弄自己人？

我们的祖先留给了我们一望无际的大好河山。

为何现在的我们定要把自己的家园搞得乌烟瘴气、臭气熏天？

我们改革开放开发了东南，开发了西南，开发了东北，开发了西北，也崛起了中原。

为何不南不北，不是东西的山西不在其列？

我们的远亲近邻不管是经济、科技、文化、旅游、环境治理都在飞速发展。

为何我们的山西总是以煤矿爆炸、环境污染、黑砖窑事件等昭告世人来展示自己的“个性”？

我们真替我们的各级“父母官”害羞，难为情！

2007 年 8 月 2 日

赵亭人 背影 38cm×38cm 纸本水墨 2014 年

四　刁

真正要想看好画，先学会“眼要刁”。古圣先贤姑且不论，近的就看齐白石、黄宾虹、丰子恺等大师这个级别的，他们的作品不骗人。至于当下的那些自诩为大师、大家，拉大旗作虎皮的名门后人以及那些紧握圈内权柄，把持行业阵营，以权唬人，以位压人的“大人”们的东西就不要瞅了吧。因为他们也不知道自己在弄啥，弄银子肯定是真的。

真正喜爱听中国戏曲、说唱艺术的耳要刁。听听梅尚程荀张、马谭俞麒裘，侯宝林、马三立、刘宝瑞等大师这个级别的，那才叫玩意儿。后来的李胜素、于魁智、刘桂娟、郭德纲等后生的也不差。至于遇到那伙一会儿去扎电影堆，一会儿挤主持人堆，朝秦暮楚，偶尔回到圈内“票”个段子也是不咸不淡、扭扭捏捏，又骂祖宗又自贱且胳肢人的“腕儿”们“玩票”时，各位看官千万别吃饭，我怕您吐了。

真正的美食家不在乎饕餮大宴、满汉全席。在其舌尖，东南西北，皆是鲜美；不会拘于川鲁扬粤，酸甜苦辣。大漠的牛羊肉、手抓饭、烤包子，湘楚的红烧肉、酱鸭脖、黄鸭叫，歙县的臭鳜鱼、臭豆腐，杭州的东坡肉、莼菜汤，景德镇的鸭脚板、鸡头米，开封的灌汤包，大名府的驴肉火烧，云南的云腿米线，北京的焦圈豆汁，天津的果子崩豆，东三省的猪肉炖粉条、小鸡炖蘑菇，秦晋陇三地的各种面食等等，哪一款都能让人大快朵颐，流连忘返。现在的美食家恐怕是吃不到什么正宗的货色了，苏丹红、吊白块、三聚氰胺、皮鞋胶，在等着你品尝呢。

之所以现在的人们得不到应有的精神物质的双重享受，关键之关键是道德底线彻底崩溃了，人的心歪了。心不正则不好救了。制造者唯利是图，消费者麻木不仁，何谈之刁？所以，不论是眼刁耳刁还是嘴刁，归根结底是要心刁。心不在焉，全都枉然。眼刁能睹佳作，耳刁能闻好音，嘴刁能得鲜美，心刁能得正经。刁者，正也，高也。

2007 年 8 月 29 日

赵亭人　忠义侠　80cm×38cm　纸本设色　2014年

赵亭人　清净地　76cm×38cm　纸本设色　2014年

豹 斑

隆冬季节，时序大雪。值周末闲暇，与三五知己，驱车绛州泽掌光村，访蔺氏澄泥砚作坊。毕，游福胜寺，览玉皇观，殿宇巍峨，宝相庄严，壁上图画虽然残破不堪，依稀可窥当年风采。于村中漫步，见古宅大院散布于街道巷间，惜十之八九坍塌毁坏。砖雕石刻、木构花饰，历经劫难，面目全非。但依然能于仅存之残垣断壁中，犹见当年之华锦景象。村民们弃旧图新，大兴土木，不断以俗不可耐的瓷砖水泥，代替着雕梁画栋的砖木土石。中华大地数百年之离乱，惨淡经营之文明，由此可见一斑。痛哉惜哉！

2007 年 2 月 8 日

赵亭人　好梦方觉　40cm×40cm　纸本设色　2014 年

朋　友

昨天下午接近黄昏时分，我将董立军送到火车站，他回北京了。本来我是想留他吃过晚饭再走，只是饭点和车点有些冲突，且他说实在是也不饿，便给他带了些简单的吃食在车上用，就由着他了罢。

立军兄前几天因公干在西安住了几天。刚到西安时他就打电话说要折道河东来看我，圣人曰："有朋自远方来，不亦乐乎。"我便告诉聚林兄此事。月余前我在北京办画展，聚林兄与我同往，和立军兄有过一面之交，也算是朋友了吧。等到立军兄来后，先是驱车至丁村看明清古民居，后是到广胜寺观壁画，或花前流连，或竹林徘徊，烈日下霍泉边小坐，暴雨中泰云寺拓碑，莳英园散步，大云寺吃茶，短短三两日，真是不亦乐乎。

朋友就是这样，时常走动走动，情谊会越来越深。朋友来了，一杯清茶，几碟小菜，拉拉家常，扯扯闲话，山水间漫步，客舍中话旧，是一件很惬意的事情。朋友走了，心里不免空落落的，闲暇里念叨念叨，思谋着下回相聚何时。人这一辈子大都是匆匆忙忙过来的，朋友遍天下，相知有几人？广种薄收，思念不及，殊不知思念有地方寄托这是人生一大幸事。“相见亦无事，不来常忆君。”古时的人把思念亲朋的情思寄托在文章诗词里，一封信札，几行诗句，便可以解思念之苦。如今信息业发达了，大家就懒得写信了，相互间一个电话或一个短信，问问康健，报报平安，心里也就踏实了。朋友不必多，有三五知己这已是很奢侈的事了。平素间大家山南海北，各忙各的，当你举一杯酒或燃一支烟独坐于案前，当你散步于林下嗅一朵花香或捡起一枚秋叶时，突然从心底深处冒出一个人来，不管他是在山南海北，还是江南塞北，那个人肯定就是你值得挂念的人。

能经常让你惦记的人才是你真正的朋友。

2008 年 6 月 14 日

一地鸡毛

聚林和高强大前天已从石家庄回来。之前我一边画画一边给聚林发了个短信说“倦飞知还”云云，聚林回说，“老马识途”，班车已到洪洞。原本和晓明约好下午吃烧烤，就告诉晓明说聚林他们正在路上，一会儿就到家，于是相约在品闲堂附近路边摊聚会。我到地方时晓明正陪他的姑娘在吃饭，孩子那天中考。现如今孩子苦，大人也不轻松。于是想起去年这时候，自己的孩子也在苦熬过关，家长也是如此陪伴，可怜天下父母心啊。没多久，大家四面八方都凑齐了，着实热闹了一番，扎啤喝了三大桶，虽然我只喝了一杯。

前天在家就着细雨断石磨印，满地狼藉。聚林来了见我在瞎忙，不忍打搅，喝了杯秦岭明前雀舌就告辞了。昨天下了一天的雨。把以前的旧印章翻出来一个个修整、打磨、抛光，石头虽不好，经过处理，最后都还像模像样。其间聚林和晓明冒雨打的过来，干活、喝茶、聊天。活还接着昨天的活，茶还是昨天的茶。天将黄昏时，聚林说昨天得了意外之财，要请客吃饭。于是放下活计，冒雨去吃了一回北京羊蝎子。回来看见放在窗台上的董立军捎来的印章石料已灰封尘落，答应朋友的事却迟迟不能行动，心中不免有些惭愧。俗事太多心不静，也许能算一个推脱的理由吧。呵呵呵。

明天要考什么鬼计算机模块，从上午折腾到下午，要相片、填表、联系，毫无头绪。王子英和黄晓华来电约下午到办公室。北京《当代中国画》来电约稿。人事处来电安排考试事宜。电话又响了，一接对方说是打错了。电话手机一天到晚响个不停，一听见机子响心里就发毛，对这机子愣半天，末了还是要硬着头皮接，如今信息业态发达了，简直让人无处躲藏。

天快黑了，不管那些烦心的事了，由他吧。和几个老哥们相约去路边摊吃肉夹馍，也算今天没有委屈自己。

2008 年 6 月 23 日

赵亭人　兰　18cm×13cm　纸本设色　2014 年

奢求

子曰：吾十有五而志于学，三十而立，四十而不惑，五十而知天命，六十而耳顺，七十而从心所欲，不逾矩。

皇邢二《疏》皆说，此章是孔子隐圣同凡，劝人勤学。程氏树德《论语集释》，引明儒顾宪成《讲义》说："这章书，是夫子一生年谱，亦是千古作圣妙诀。"顾氏以为，孔子自十五志于学，至四十而不惑，是修境。五十知天命，是悟境。六十耳顺，至七十从心，是证境。顾氏此说，大有道理。夫子之言勘破人生。一般而言，人在三十岁上下成家立业闯世界，四十岁左右栉风沐雨才能晓事知理，到了五十岁，方能"明天理、顺天意"而知天命不可违。一般到了知天命之年的人，大都不再去想天上掉馅饼的事情，而只是想把费神熬命辛苦了半辈子的工作侍弄出个好结果，将自己走过的路、跨过的桥来个梳理和总结。到了这个年龄的人，饱经风吹雨打，惯见秋月春风，深知“舍得”二字之深邃，把生死看得很淡，将人世间看得很透彻。知道一个人在历史和宇宙的时空里，不过是匆匆过客。

所以，不惑已过，将知天命，自己知道自己该干啥不该干啥，该放下什么不该放下什么。

高堂年事渐高。“是臣尽节于陛下之日长，报养刘之日短也。”我等虽不及李密之孝，能整日侍奉茶饭，但常回家看看，嘘寒问暖，倘如此也不枉为人子。

荆妻家中宝。夫妻无须“举案齐眉”，粗茶淡饭一日三餐，能够相互搀扶一直到老，坐在摇椅里慢慢聊，倘如此也不枉为人夫。

子虽愚顽少不更事。“幼吾幼以及人之幼”长挂于口不若长挂于心。言传身教，诲而不倦，倘如此也不枉为人父。

时而有良朋敬友往来。“相见亦无事，不来长忆君。”写写字、画画画、吃吃茶、聊聊天，谈天说地，不亦乐乎。倘如此也不枉为人友。

我们倘能如此，还奢求什么呢？

2008 年 6 月 25 日

赵亭人　江南好　40cm×40cm　纸本设色　2014 年

江南七日

在家里待得久了，憋闷难耐，于是应朋友之邀，便有了出门子逛游的机会。

晋齐开车顺路到老家转了一圈，家里盖房筑院正热火朝天。烈日下，看着拖着疲惫身影的老父亲在忙前忙后招呼着，憨厚的三弟一身泥土，和工人们在窜上窜下地劳作，心里有一种说不出的滋味。匆匆吃完老母亲做好的饭，便和朋友们驱车至运城，准备坐班机飞往上海。唉，想着家里人在大热天里辛劳，自己却有闲心游山玩水，搞所谓美其名曰的采风，自己的生活真是太奢侈了。虽然我们的城乡差别在某种程度上有些缩小，但实质上差别还是很大，乡下的父辈们兄弟姐妹们太辛苦了，什么时候能改变这种状况只有天知道。

到了运城在琴娃家略坐又吃了晚饭，蛋娃和王超送我到机场，经过严格关检，当着关检员的面喝了一瓶藿香正气水，因为不准带液体登机。一个半小时后到达上海虹桥机场，朋友靳钟先生来接站，安排好住宿后，在灯红酒绿的上海度过了一夜。

离开上海和另外几位朋友约好到宜兴参观紫砂壶制作工艺，随后又参观紫砂壶博物馆。匆匆而过又驱车前往浙江东阳准备第二天去参观木雕工艺，一路风雨，夜宿东阳白云山庄。

参观了木雕工艺厂，又参观了木雕工艺博物馆，工艺之精湛令人叹服。于湖上品尝鲜美后，又匆匆而别，依然是风雨兼程，于黄昏到达杭州。天堂杭州我虽然来过多次，但每一次都有新的感受和新的收获，春夏秋冬、阴晴晦朔景色各殊，令人流连忘返。于南山路七号用过杭城佳肴后，夜住雷峰塔下之汪庄，即面湖靠山的大名鼎鼎的西湖宾馆。夜色细雨里，散步于西子湖畔，甚是惬意。

枕着西子湖的波浪度过了一夜，雷峰塔的晨钟敲醒了梦中人。于是起床，来在湖边在熏风醉雨里，问乾隆钓鱼台，过苏堤，小瀛洲历历在目，保俶塔隐隐约约，柳丝垂垂，竹林深深，烟波浩渺，青山隐隐，令人陶醉。

在意犹未尽中离别杭城，一行人过钱塘江，饱览富春水光山色。恍惚中黄子久如在眼前，是黄子久成就了富春水光山色，还是富春水光山色造就了黄子久？其必曰：黄无富春不名，富春无黄不胜。山回路转中，一湾碧水，时遮时现，愈走愈广，波光粼粼、无边无际，千岛点点、群山连绵，新安江上千岛湖展现眼前。大家泛舟湖上优哉游哉，乐不思蜀，一身浊气，涤荡无存。

申过酉至时辰，我们一行大小五人和朋友握别，顺湖沿山道驱车往歙县。一路上，翻山越岭、穿村过镇，虽道路泥泞、山道崎岖，难阻我们乘风破雨。到达歙县时戌时过半，已是饥肠辘辘，草草填饱肚子，便梦见周公了。

别歙县，过潜口，到汤口，登黄山。

第一次登黄山是十三年前，烟雨中没法看清黄山面目，天都峰封山育林，于莲花峰下望而止步。第二次登黄山是七年前，亦是烟雨茫茫，还是没法看清黄山面目，气喘吁吁登了莲花峰，天都峰下望而却步。第三次随师友到黄山脚下是四年前，种种原因最后是望山相叹，却步不前。好在是有太平湖上泛舟，桃花潭中访古，也不虚此行。这次是第四次到皖南，领略了茂林修竹、粉墙黛瓦、小桥流水人家风采后，决计再登黄山，爬天都峰。因成员之中有妇女儿童，计划是少而精地游览前山，便于慈光阁坐缆车至玉屏峰游观，随后过蓬莱三岛、下玉屏峰和妇幼分道让其下山，我和老靳登天都后与其半山寺会合。汗流浃背登上天都，于鲫鱼背望玉屏，战战兢兢中又领略了黄山的险中之美，其变幻莫测，实无以言表，登于其上，如在九天。等到我们下至半山，腿已经酸痛得抬不起了。不过还是要感谢老天爷开眼，让执着之人饱览了黄山的奇美华章。

在屯溪过了一夜，准备返程回家。途中过泾县乌溪，在红星宣纸厂参观、试纸，以笔墨感悟江南。继而快马加鞭，跨长江过淮河，经合肥过六安，“困”兽犹斗，星夜赶程过信阳，夜宿驻马店。中原江南两地人文风物之差别泾渭分明。

人常说：好出门不如待在家。（好者坏之相对，待者好之相对。）家乡有亲人，有朋友，有自己熟悉的环境，有自己讨生活的阵营。绿窗人似花，不如早还家。言虽不达意，但有当炉情。

杜子美言“即从巴峡穿巫峡，便下襄阳向洛阳”。于是漯河、平顶山、洛阳、三门峡，过关越岭，一路疾驰。过了黄河，经运城到侯马小憩，同游友一个个握别，于黄昏回到了临汾，回到了家。

匆匆七日，弹指一挥。江南的烟雨，画里的江山，依然漂浮在眼前，依然深入在心头，她能涤荡人的胸怀，她能净化人的性灵。

江南，对我来说是一个百涉不厌、魂牵梦萦的心灵家园。

2008 年 7 月 3 日

赵亭人　卷珠帘　135cm×20cm　纸本设色　2014年

赵亭人　访梅图　80cm×38cm　纸本设色　2015年

六月十三

闷热了十几天，一滴雨也不下，把人难受得要死。早晨还在睡梦中就听见滴滴答答的响声，不知是多会就下雨了，起来趴在阳台上往外瞅，地上湿乎乎的，低洼的地方也有些积水了。

学校招办来电话要我过去看看今年书法招生的情况。雨不大，趁雨出门到招办很快就把事办妥了，见吃饭尚早，就拐弯到鹿苑说是谝会子，半路撞见太原的老管，说了会孩子考学的事。鲁强打电话说陈波从侯马过来了在他那里。今天是农历六月十三，我的生日，原本是不过生日的，但几个朋友趁这个机会在一块聚聚也是好事，也就随波逐流了。呵呵。

老老少少、大大小小十几个人吃毕饭，又在办公室写写画画、喝茶聊天热闹了一阵子。雨早停了，又是艳阳高照，因为建筑设计原因，办公室不能安装空调，也因为放暑假了，师道就无所谓尊严了，于是几个人光着膀子在海谝，最后实在热得受不了，看看六点多了，大家就散了。

出了楼外边很爽快，凉风习习，这也是前半晌的雨带来的。回家到楼底下，怕家里也热，就在楼底下的槐树林下长椅上坐着乘凉，自然风吹着比待在空调房里要舒服得多。地上落满了风干的槐花，很像满地的桂花，随着微风在周围在脚底下滚来滚去，我想到了桂林，仿佛也嗅到了桂花的香，也想到了陈老师。

2008 年 7 月 15 日

赵亭人　梅石图　40cm×38cm　纸本设色　2014 年

七夕立秋

恰逢今天又是七夕节。我不知道，天河还那么宽吗？去年架桥的喜鹊今年还会来吗？织女是不是还那样的亭亭玉立？是不是已经梳妆打扮妥帖？牛郎是不是很老了？今晚的相见不会再肩挑一双儿女了吧？他还挑得动吗？即使相见，说些什么呢？即使容颜不老，几千年来，他们的心依然如此年轻吗？爱情的魅力是不是开花后的结果？

一年一年过得竟如此的快，弹指间又是一个秋天，秋的叩门声中，召唤着春天繁花似锦孕育的硕果累累即将报到。不知道究竟是万紫千红的春的浪漫地好呢？还是千红万紫的秋的殷实地好？不管怎么样，毕竟眼前的酷热将渐渐退去，清凉世界的帷幕将徐徐拉开。金秋来了，收获的季节不远了，辛劳的人打开口袋，准备收获吧！

2008 年 8 月 7 日

赵亭人　鸳鸯　38cm×38cm　纸本水墨　2014 年

吃 饭

一早聚林相邀要去古县，说田建文在那里发掘春秋墓群，诚邀过去看看。晋齐驾车三人赶中午饭前到了现场，墓群刚刚开始发掘，还没有什么惊人发现，建文兄领着转了一阵子便到了饭点。因为考古专业的特殊性，他们的食宿一般都是因陋就简，随缘而安。特有的大叶茶是洪洞古县安泽一带老百姓家家户户的必备之物，这使我回想起二十年前的味道，当年我在古县支教经常与此茶为伍。饭菜用盆儿盛，调料很简单，不外乎酱油醋盐辣椒，香辣可口，很下饭，酒店馆子是绝做不出来这味道的。肥肉炒辣椒、瘦肉炒土豆丝、酸辣白菜、老虎菜、大碗拉面，味道纯正，地地道道的农家乐风味，是好久没吃到过的味道。茶足饭饱后别过老田，回城路过韩略，于当年王近山伏击日寇处稍事逗留，便折道曲亭水库经屯里回家。一路核桃林遮天蔽日，豆田金黄，路过辣椒田见朝天椒艳如火炬，便拔了一苗思谋着挂于画室，时不时还可以于城市中感觉一下乡野的味道。

车行至半路，太原一朋友说他到临汾开会，晚上一起吃个饭聊聊天。因为中午的农家乐还满满当当搁在肚子里，没有一点食欲，望着一桌子的山珍海味，突然想起了数日前在太原的一次饭局。一朋友办事设宴招来一群朋友，其中一人顺便带着乡下的老父亲一起来聚会，一来是想让老人吃点乡下吃不到的，二来是想让老人见见世面。看着转盘上的一道道听都没听说过的美食佳肴，老人舔了舔干瘪的嘴唇，悄悄地问他儿子："这一桌子得花多少钱呀？""没多少，也就几千块吧。"老人惊愕，又问服务生手中等待开启的法国红酒问："这瓶酒得好几十吧？""这酒比这桌饭还贵呢。"儿子轻描淡写地回应了父亲。老人瞪大了眼睛："乖乖，咱们这一顿饭合着吃了我一头牛呀！"

出了酒店大门，大街上已经是灯火辉煌、车水马龙。街道两旁来来往往的人们大都是出来遛食的，车来车往的估计也是酒足饭饱的。咱也不能脱俗，腆着肚子也加入到这个行列里吧。看着左右穿行的人们，心里想，每个人肚子里装有多少油水，只有自己知道吧。

2008 年 9 月 18 日

赵亭人　教子　80cm×38cm　纸本设色　2014年

赵亭人　寻古　33cm×33cm　纸本水墨　2014 年

为大戬画册序

石涛画语录《一画章第一》曰："夫画者，从于心者也。山川人物之秀错，鸟兽草木之性情，池榭楼台之矩度，未能深入其理，曲尽其态，终未得一画之洪规也。行远登高，悉起肤寸。此一画收尽鸿蒙之外，即亿万万笔墨，未有不始于此而终于此，惟听人之握取之耳。""从于心"，这是石涛以本心建立画法的重要结语。绘画，是从内心流露的艺术表现，故有艺游于心之说。董文敏又谓"读万卷书，行万里路"，这又从务实的角度告诉人们，如何具体来实践我们所从事的艺术事业，从而达到我们所追求的理想之境界。诚然，有此心量，有此行动，再假以艺术本身特有的精神，随意挥洒。没有不始于这颗心而终止于这颗心的，只有听任我们自己掌握取舍罢了。

大戬赵建中，为人忠厚，为学笃实，多年来埋头于绘画事业，于国画艺术，衷情有加，乐此不疲。在上大学期间，我曾带过他的课，毕业后他回到原单位从事教学工作，此后十余年间未曾谋面，但也偶有他的消息，知他曾于江南游学，深造于中国美术学院。再次见面是他考回母校上研究生之后，他时常抱来一卷一卷的画作让我指点，观其作品，技艺大进，少了的是稚嫩，多了的是老成。从此我们便时常往来，谈书论画，不亦快哉。时光荏苒，如白驹过隙，转瞬间三年已过。他毕业后谋职到省城工作，依然是从事传道授业解惑的行当。虽然见面少了，但时常联系，切磋技艺。前几日，建中来电话说他的画集即将付梓，命为写序。我草间一凡夫，既不是名家，更不是专家，见浅识薄，孤陋寡闻，然主人盛情，却之不恭，东拉西扯，看客莫怪。

我看建中之画作，古人先贤之遗风十足，但亦不乏时代气息，用笔拙重，恰似其人，意境古朴，颇和其性。他能于当今烦杂纷扰之花花世界里，定神凝气，潜心艺事，且颇有收获，真难能可贵。孔子曰："智者乐水，仁者乐山。"也许他已悟出个中道理，是有心人，所谓"从于心者也"。是真心干事的人，故才有今天的成绩。凡有所学，皆成性格。有一首民歌这样唱道："樱桃好吃树难栽，不下苦功花不开；幸福不会从天降，美好生活等不来。”以此与建中共勉，祝愿他在今后的艺术道路上百尺竿头，更进一步。是为序。

河东亭人己丑清明后于晏如轩

2009 年 4 月 21 日

那　天

那天，是这个小城入夏以来的第一场雨，空气润鲜，心畅神怡。趁雨几个新朋老友相约到贡院街东芙蓉酒楼聚会。大家都不喝酒，以聊天为主，就随意点了几个冷盘热碗，告诉小二一起上。喝茶之际，菜肴上齐，欲将举箸，似觉头沉。随即天旋地转，头冒虚汗，饭菜还没粘牙，先把肚里仅有的茶汤吐得一干二净。建斌、聚林赶紧打电话联系大夫，随后晋齐冒雨驾车请大夫。说不是颈椎出了毛病就是美尼尔综合征，还待进一步检查。折腾了半天，搭车送我回家。最终是我搅了局，谁也没吃成样子。

第二次头晕目眩是第一次头晕目眩的一周后，刚觉得头轻了一两天，便到校医院体检，初步认定是美尼尔综合征。不料想检查了个半截子又觉得天旋地转，随即让小乖开车把我送回家，又闭目卧床三四天，吃了三服中药，又能坐起了。其间，良朋敬友，嘘寒问暖，小恙微疾，竟劳诸友挂念，心存感激，自不待言。前天权利来电话，说话间得知此事，昨天来电话又挂念我，说这是人到中年的病，老人罕见，证明你还年轻。一年未见我问他最近在忙啥，他说除了上班依然在写毛笔字，京城太闹，先闹中取静写写字，将来回乡下种地，半耕半读。想回乡下还有一个原因是老想吃自己种的西红柿，但也不是贪嘴之故。我说我也是时常有这个想法，就是觉得自己将来应终老山林或田园，落叶归根。他说“看来咱老了能做伴”，将来“还得定居在地下，算命先生说我能活八十六，你比我大四岁，也别活太多，九十就行，到时候一块上路。不过到时候看情况，日子好的话就好好保养，都多活几年也成”。我说：“好！我努力争取。我觉得你就是那司命主，说话肯定算数，也灵验，就照你的意思办。”嘿嘿，我们是不是都挺贪生的？好吧，就这么定了。

中午十二点了，权利偷懒，不想回家，在单位煮挂面吃了，饭前很得意地给我发了个短信：“面熟了，舀饭了。”我回：“我吃现成，豆角焖面，调货是油泼蒜辣子。”他回了三个字：“甭气我！”

2009年5月23日

赵亭人　一尘不到　33cm×36cm　纸本设色　2014 年

赵亭人　怀素书蕉　33cm × 36cm　纸本设色　2014 年

说起瓜

说起瓜，我知道有两种意思，一种是特殊的，一种是普遍的。前者是陕西关中一带和山西晋南一带的方言，称一个人憨傻、愚笨为“瓜”，如瓜娃、瓜女子。后者是说一种蔓生植物所结之果实，有冬瓜西瓜南瓜北瓜香瓜甜瓜苦瓜等等。

今天只谈吃意义上的瓜，让大家有一种口福的感觉想象。也是因为近日偶染小恙，搅人不安。有友人问病，送来甜瓜几枚，西瓜一个，黄杏一捧。馋虫勾起了贪欲，命我大快朵颐，俄顷便觉有不惬之意，也许是反季节瓜果之故，瓜寡淡果涩酸，瓜不是瓜味儿果不是果味儿，瓜果都不是味儿。违反大自然规律的结果就是只见其形，不知其味。神没有了。

忽记得孩童时代，那时的瓜果就是好吃。不知是因为那时候吃食少还是原生态的东西就是好，还是岁数慢慢大了爱回想童年的缘故。那时候的西瓜一般都在二三十斤左右，有的甚至五六十斤重。有白皮白瓤白子的、白皮黄瓤黑子的、白皮黄瓤红子的、白皮红瓤黑子的，黑皮的花皮的，瓜瓤和瓜子也是五花八门、色彩缤纷，香甜如蜜自不用说，并且还有很好听的名字。譬如还有甜瓜，白皮白瓤红子形如蛋状的叫“天鹅蛋”，黑皮白瓤红子的叫“敬德访白袍”，很形象，味道也好，拐几个弯都能闻到甜香的味道，勾魂诱人。不比现如今的瓜，皮硬子瘪不能吃，它是连皮带瓤带子都好吃。可惜如今都再也吃不到了，成了永久的记忆。

所以，常常有回乡下老家的念头。想找回那四十年前的果，那四十年前的瓜。找回那个时代的味道。

2009 年 5 月 26 日

郁 闷

原以为给大家办了一件好事，殊不知是自作多情。

为了活跃校园文化生活，同时也是为了给这个小小地方从事美术的以及有此爱好的人们长点见识，死乞白赖地、声势浩大地邀请到了上海太一文化艺术有限公司以“国宝争辉”为题的历代法书名画复制品展在学校美术馆展出。开展的第一天上午，和以往的画展一样，人头攒动，熙熙攘攘，不承想到了下午，展馆里参观的人已是聊胜于无，门可罗雀了。

是我们的先人写得不好？画得不好？抑或是我们的眼界和功力超过了我们的祖先？以致对他们的遗迹不屑一顾？虽说是高仿，但去真迹不远，可谓下真迹一等，孩子们咋就不喜欢呢？他们到底喜欢什么呢？于展馆门前来来往往、上蹿下跳、花枝招展、倜傥潇洒的莘莘学子，巨大展标，他们竟视而不见，犹如大禹般急赶着去治水，三过其门而不入。在下很郁闷。

可爱的学子们，你们到底需要什么东西来安慰你们的心灵呢?

2009 年 10 月 17 日

赵亭人　乌龙院　80cm×38cm　纸本设色　2014年

觉　得

火能取暖，水能解渴，但火大了会烧身，水大了会淹死人。

当官别当大官，每天忙的事几乎和自己无关，且累得要死。

吃请别吃太好的，撑得自己难受还浪费别人的钱，两不划算。

住房子别住太大的，要把房子填满各类家什，花钱多不说，打扫起来也很费事。

欲望别太多，也别太大，多了大了就是累赘。

挣钱别挣大钱，多了对你没有用，也没好处，仅仅是个数字，不挡手就行。

画画别当大画家，太累，画画本来就是个雅事情，自娱自乐最好。

做人做个平常人，只要神康体健心情好，名和利都是身外之物，一粥一饭一张床足矣。

2009 年

起 腻

做啥事情都别太过火了，也别自以为是。过了容易烦人，自以为是更烦人。要有自知之明，见好就收。

假如二十年如一日天天让你吃猪肉炖粉条或羊肉泡馍，还都是好厨师给你做，你烦不烦？腻不腻？何况好厨师也就靠那一招赢人，“一招鲜，吃遍天”。

你可以举贤不避亲，但别阿狗阿猫一起举。乌泱乌泱地一群一群来了，不学师傅的精彩，却继承了一味的自虐、自残、自毁，自家人糟践自家人来取悦观众。

我们这个泱泱大国需要大场面的热闹，铺张一下也是无可厚非的，也不在乎。你或许是对小时候过的局促苦日子的报复吧，老子有了钱，买两碗豆浆，喝一碗倒一碗，咋的？

在文艺圈里混饭，别成就了自己，毁了徒弟。别老是不男不女的膈应人，也别靠喷对方一脸唾沫来赢几声尴尬的笑声，狗肉不上席。其实老百姓并不挑剔，想想自己哪里出了故障。

不管你是说相声还是拍电影，别老咋咋呼呼的，也别闹人，你想死我们我们不想你，烦人。你还嫌文艺界不乱？

做播音主持的，别拿腔捏调，别让人一听见你说话就难受，要模仿赵忠祥，就看人家的活是咋干的。别假深沉。唱歌就好好唱，别以为会唱两下就也会演电影，也会书法画画，你不是全才。悄悄练练高兴高兴也就算了，别露怯，别拿出来现眼。

开设百家讲坛本来是个好事，可把有些人祸害得不成样子了，看了几本书就以为自己的学问做大了，腆胸叠肚、煞有介事、趾高气扬，咋咋呼呼的不得了了，说书说不过袁阔成，做学问做不过陈寅恪。看看人家周汝昌先生咋讲课的，学学钱锺书胡适之的学问，别只为了名利出来祸害人，别给文化人丢脸，回去好好上课吧，误人子弟如杀人父兄。

古人说得好“隔行如隔山”。

2010 年 2 月 24 日

赵亭人　鼓琴台　66cm×33cm　纸本水墨　2014年

陈丹青来了

陈丹青来了。

他是受师范大学之盛邀，参加学校的“大师论坛”系列活动来讲学，伴随他而来的还有一场黄土高原从春至夏就久盼的甘霖。整个校园像过节一样，喇叭里响着悠扬的歌声，“我和你，在一起……”，莘莘学子在风雨中奔走相告，犹如池塘里的随风摇曳的荷伞。毕竟是小地方嘛，名人来得少。

对于陈先生的学养和才能，大家是有目共睹的，都投以敬仰的目光，这个在此无须赘言，我也是仰慕的，这不仅仅只限于他当年对中国当代油画的贡献，相比之下，我更关注他的文化思想。据说学校希望丹青先生以“文化、科学、教育”为主线，以“和未来教师的谈话”为题展开话题，我想他一定谈得很深入人心，使迷茫的学子能茅塞顿开，如雨露滋润，如醍醐灌顶。之所以这样猜想是因为我因故没有去听讲座。

没想到想听讲座的学子多且场地有限，需要用门票来控制人数。至于入场券是如何分配如何发放的，我不清楚。据我的几个研究生说他们没有领到入场券，但不想错过这次和大师面对面，聆听大师教诲的机会，为了一张入场券还遭了一名美院学生的白眼，说他们想沾美术学院的光。在办公室里，一个声音尖叫着："这是我们美院的，你们书画所一张也没有！"一个美术学院的研究生护食似的在怒号，就好像是谁要抢走她那块骨头一样，令人不寒而栗。需要说明的是，我的研究生是书画研究所的学生，不属美术学院管理，但这个活动并不是美院主办的，怎么就没有书画所的票呢？看着这阵势，"狗恶酒酸"的故事随之浮现在我的眼前。其实门票并没有如何如何地紧张，只是这事让人觉得你好像要占他家的多大便宜似的，何苦要平白无故遭人白眼呢？

既然丹青先生是谈"未来教师"的未来问题，我想他一定谈得很好、很透彻。由此我想延伸一点，谈谈作为一个人的"未来做人"的问题，特别是"未来教师"之"未来做人"的问题。孟夫子说过"老吾老以及人之老，幼吾幼以及人之幼，"讲究"泽恩共被"的"仁爱"。如果一个人小气到不能与人分享文化的传播，尖酸刻薄，好吃独食，那她还能有什么爱心呢？将来何以为人师表？何以为人？况且这种“自觉觉人”的好事对她来说是毫发无损，又不是谁好像要抢她口里的骨头，还不如孔融，一个七岁的孩子都知道“让梨”。两个人能“千里来相聚”，就是有缘，何苦要如此呢？是何缘故呢？“养不教，父之过；教不严，师之惰”，“上梁不正下梁歪”。现在的孩子大都是娇生惯养的独生子，天不怕地不怕，以“我”为中心的主儿，不知道做人的起码道理，要月亮父母不敢给星星，极其缺乏的是“敬畏”和“谦让”的优良品德，说得难听一点就是没有教养，这不是我们教育的严重缺失吗？

媒体报道美国有一个五岁小孩得了一种怪病，火烧不烫，刀扎不疼，香臭不分，危险不惧。试想一个人生活在嘈杂纷繁的社会里，麻木到无所畏惧，善恶不辨，那是多么的可怕？我们说“敬处有神，怕处有鬼”，人要有所畏惧，要有敬畏之心，要知不可为而不为之，反之这个社会该如何收拾呢？

由此我又想到，当下的诸多“问题食品”，什么苏丹红、三聚氰胺、增白剂等等添加剂，有关部门为了解决此类问题，开始给制造营销者办培训班，再发营业上岗证，这似乎有点“扬汤止沸”的意思吧？我们为什么不能断其源头呢？为什么不从根本上解决这种道德沦丧、商家无良的无序的社会局面呢？他们为什么敢冒天下之大不韪“令行而禁不止”，每每冲破道德底线前赴后继地为所欲为呢？他们的良心让狗吃了？我们的道德修养、规范教育为什么不从小抓起，从做人的根本抓起呢？我们为什么不能有些前瞻性呢？为什么总是在补窟窿呢？日本这个民族能用三十年解决一个公众场合大声喧哗的“小问题”，我们这个泱泱大国为什么不能同样解决“随地吐痰、大声喧哗”诸如此类的“小问题”，以及延伸到国计民生的“大问题”呢？

由此我又想到了佛家的“我佛慈悲，超度他们到极乐世界去吧”！

2011 年 5 月 10 日

赵亭人　乌盆记　80cm×38cm　纸本设色　2014年

赵亭人 玉虎坠 80cm×38cm 纸本设色 2014年

赵亭人 戏曲人物 80cm×28cm 纸本设色 2014年

赵亭人 拾玉镯 80cm×38cm 纸本设色 2014年

春雨如酥

昨天起得迟，老觉得天不亮，拉开窗帘看见天阴沉得很。抹了一把脸，胡扒拉了两口饭，准备把前天造的两幅观音像再润色润色，心里想着今天不出门了。

刚开了手机，一个老学生打电话过来，说半天电话打不通，想让看一下最近的作业。

出门，往天空瞅了瞅，好像要下雨，一冬很少见雨雪，把人燥得难受，这会子走在路上，早已习惯了车水马龙，穿过学校的花园，空气还是很舒服的。

到办公室，人家早已等在门口。寒暄毕，看了一会子画，说了些需要改进的问题，示范了一会，插空又给景德镇的朋友寄了本画册，又给前几天评卷的学生发了评卷费，云南一位朋友打电话说搬了新居，让画幅画写幅字。买红木家具的、卖纸的、出书的不停地打电话，要以物易物。聚林打电话说好几天没见面了要过来。老学生见我忙乱得很，就走了。

聚林和晋齐来坐了一会，喝了一会儿茶，眼看十二点了，就给杨洋联系商量着到水云间去吃饭。

下雨了，牛毛细雨，地上亮晃晃的，空气湿乎乎的，出气都很顺畅，难得的雨天。

楼下碰见晋林刚上完课，就说一起去，晋林说好。聚林开玩笑地说：别人客气一下，你倒是不客气。四人哈哈大笑，都是熟人，都知道聚林这张嘴。

杨洋早就等在学校大门口，到了水云间，五个人点了五个菜，一盘牛筋，一盘酸菜土豆丝，一盆西红柿炖豆腐，一盆大烩菜，一锅羊杂泡麻花。聚林感冒，晋林下午还有课，就说不喝酒了，杨洋不想喝，晋齐不会喝，我对酒本来就没多大兴趣，瞌睡给了个枕头，正好。

饭毕，各归其位。晋齐开车拉上我到杨洋家取上去年在山东搞展览我画的四条屏。杨洋有事，我们三人也没啥事，晋齐说去他那里坐一会儿。聚林进门就往沙发里一卧，呼呼起来了。

晋齐拿出金骏眉泡了，边聊边喝，桌上有一新作臂搁，雕工还过得去，问多少钱收的，晋齐说要一千,一百五收的。

一会儿，晋齐拿出刚收的各种老麻纸，让试试看咋样。试了几块，有好有差，良莠不齐。聚林起来看看，和晋齐商量，不能让他白吃了饭，这画就顶饭钱吧，拿了一幅墨牡丹，一幅墨梅菊。晋齐留了一幅山水，一幅荷藕。有一幅兰石我想撕了，不让，说反正你也没落款。那就由他吧。

六点多了，聚林说吃了饭再回吧，我说算了，吃多了晚上压炕呀？聚林说晚上嗉子里没食睡不稳，晋齐也说晚上睡得迟，怕顶不住。那就吃吧，吃多吃少在个人。

外面的雨还在断断续续着。开车到了一家翼城饭店，要了一盘热粉，一盘烧菠菜，主食要了一份油坨蘸蒜，一人一碗浆水面。人多，饭菜上得慢，边上有一桌喝大了，又吵又闹，看着心烦，等饭菜上来草草吃了，钻进车里，各回各家。路上聚林要先下，说买点药，我说你陪晋齐先送我回家，回来你俩还是个伴。

到了军区门口，我给晋齐说我在这儿下，前面有栏杆，车要掉头要走很远，不方便。前面的出口因前一段老出车祸，交警大队干脆把口堵死，一了百了。

下了车，拿上画，包好油布往家走。雨还在下，街上车来车往，吃完晚饭在外散步的人不少，灯红酒绿映在地上，都被车碾碎了，被饭后消食的人们踩乱了。

回到家，突然脑子里冒出一句齐白石的题画句：茶干酒罢，洗脚上床，休管他门外有斜阳。

2012年3月2日

赵亭人　瓜　33cm×33cm　纸本设色　2014 年

各忙各的

中央电视台“3・15”晚会已播完，功德圆满，所报道之事让人触目惊心，积忧成疾。

各路专家振振有词在大揭秘，鉴别真伪如何如何，把解决办法踢给老百姓，几乎要我们老百姓把家里搞成各种系列的实验室，活着真不容易。各路记者风风火火在大爆料，制假造假如此如此，不法分子犹如过街老鼠，无处藏身，这也就曝曝光，让老百姓心理平衡一下，看看热闹就行了。

“过街老鼠，人人喊打”大家都在说，但是仅仅只是在“喊”，打没打，打得有多重就不知道了。“3・15”每年都有，节日来了各路神仙武装上阵，喊喊打，吓唬吓唬，完了大家各忙各的，该暗访的继续暗访，该赚收视率的继续赚，该造假的继续造假，该干啥还干啥，继续给明年的节日积极准备素材。

为什么不法者的行为屡禁不止呢?

为什么不能防微杜渐呢?

为什么不能斩草除根呢?

为什么打假不能贯穿始终呢?

仅仅靠一个“3·15”能根本解决问题吗?

好在中国老百姓体质耐实、脾气好、命大，经得起折腾，耐得起摔打，时间长了更会百毒不侵的。可难道这也是我们“中庸”思想的真正体现？是不是穷寇莫追?！如果真的这样了，天下太平了，专家露脸就不能了，记者就没饭吃了，电视台就没得收视率赚了，老百姓就没得热闹看了。

唉……中国的规章制度就像水一样，能硬能软，硬的时候像官员的心，软的时候像老汉的腰。

2012年3月16日

赵亭人　仙洞沟　33cm×33cm　纸本水墨　2014 年

造吧造吧

现如今中国人觉得有钱了，能扎势（摆谱）了，世界经济却危机了，老外们就瞄上了中国大爷兜兜里的钞票。比方说，这几年维也纳金色大厅就特别火，一拨一拨的黑头发黄皮肤你方唱罢我登场，着实让囊中羞涩的蓝眼睛大鼻子们赚了一把，反正那大厅闲着也是闲着，就瞌睡给个枕头。唱歌的先拔了头牌，然后什么配乐要把式画大字的，男扮女装憋戏歌的，什么这个组合那个组合的，乌泱乌泱的，反正是送票，看的也是黑发黄脸的居多，赔钱赚个吆喝。美国人澳洲人看见了，也频频暗送秋波，欢迎的小旗乱摇。我们不单要走出去，还要请进来，让蓝眼睛诌相声，黑皮肤吼京剧，大鼻子上溜光大道，也是乌泱乌泱的一糊片。民族大团结，世界一家人，好不热闹，好不闹心。良莠不齐，俗不可耐。你要是不乐，胳肢不死你。

有钱了，买两碗豆浆，喝一碗倒一碗；买车也是两辆，开一辆后面拖一辆，反正家里有十三亿人帮买单。造吧！

2012 年 4 月 17 日

赵亭人　安然图　80cm×38cm　纸本设色　2014年

大生意

有一个机关单位到处是机关，稍不留神就会被机关算计。总瓢把子是姓武名植人呼大郎的，靠卖蒸馍起家。人常说，从小卖蒸馍，啥事都经过，故据说也有些本领。管行政的副总叫赵高，管业务的副总叫张好古，是魏忠贤派下来的。管财务的副总他雇用了一个旗人，氏钮钴禄名和珅的，智囊团返聘南郭先生为主持，管科技研发的是霍光，管外交的位子交给了蒋干，管宣传的副总忘了姓名大号，据说原来是个弹棉花的，后来生意不行了就改经营气球的主儿。管后勤的是东汉皇帝的外戚叫梁冀的，管安全的内勤副总是和杨志过不去的牛二，管接待的是唯一的女性，肥水不流外人田，自然就由老总夫人受累了，夫人姓潘名金莲。比较重要的一个部门是守摊子的，即所谓把守门户的兵来将挡、水来土掩的位置，托付给了赵括将军。底下有千号员工，具体经营什么不知道，据说保密。原来是开煤矿，有了钱以后，好像是买入房地产股票什么的，最近听说又投资字画买卖，都是国际大生意。

2012 年 7 月 17 日

伸伸脚

明末散文家张岱的《夜航船》，讲述了这样一个故事：在一艘夜航船上，一士子高谈阔论，口若悬河，滔滔不绝。同宿船舱的一僧人自惭形秽，甚至连大气都不敢出，于是拥被掩面而卧，还蜷缩着双腿，生怕有碍于士子就寝。听着听着，觉得士子讲的话似有许多不妥之处，遂斗胆问："澹台灭明是二人否？"答曰："是。"于是又问："尧舜乃一人乎？"答曰："当然是。"僧人长出一口气曰："这等，让老僧也伸伸脚。"

以下这几个故事亲经亲历，说与看客一笑，小可也可伸伸脚。

有一年，去太原参加高校评卷活动，晚间无事，众人闲聊，有一年兄乃业界前辈，行内高手，手舞足蹈，侃侃而谈。说到一事，众人争论不休，相持不下。这位年兄拍案而起，大喝一声：你们这是以化传化！众人哑言，面面相觑，继而哄堂，哈哈呵呵。“以讹传讹”从这位前辈口中出来就是这个样子了，真不知他平时是如何传道授业解惑的。

本人供职的省立师范大学，可谓藏龙卧虎，人才济济。某一日，于图书馆过道看见一条装裱精良的书法作品，写得是龙飞凤舞、气象万千。仔细辨认，乃唐人孟浩然一首五绝《宿建德江》：移舟泊烟渚，日暮客愁新。野旷天低树，江清月近人。看到落款，却是“录元人赵孟頫诗一首，某某先生雅正，某年某月姑射山人某某某书”，一惊！书写者小可认识，乃某学院书记。原先在地区某单位任要职，后来调入学校任某学院书记。其平时好为人师，又写又画是众所周知的，说实话，他的字与画顶多算是退休老干部的架势，老年大学的水平，有这种水平的遍地皆是。后来不见这位先生了，听说定居北京以书画专家自居，最近又出版了个人书画集，真不知道他要忽悠多少人了。

去年带研究生到南方实习，途中遇到故人，多年不见，“他乡遇故知”，人间一美事，约好晚上去她一位朋友开的咖啡屋叙叙旧。如约话旧，不胜感慨。忽然帘栊叮咚，人声嘈杂，拥进一群人来，中有一老者，长发飘然，如神仙中人，前呼后拥，如众星捧月，原来也是故人及她的朋友的朋友。经朋

赵亭人　戏曲人物　80cm×28cm　纸本设色　2014年

友盛介，拱手打揖，共聚一桌，聆听教诲。老先生自称是李可染先生府上常客、得意门生，李氏书画，多命为代笔。口若悬河，言之凿凿。其间提及若要画好，书法为基，他的画得益于“非花帖”。在下孤陋寡闻，不知此帖，追问之，言道乃杨凝式之“非花帖”。哦，所言乃“韭花帖”。我便低头喝茶，闭耳抽烟。须臾，有好事者盛邀老先生一展风采，半推半就后，脱衣挽袖，如椽大笔，横涂竖抹一番。我虽没写过“韭花帖”，但也读过，先生所书味道些无，可能是变化了吧。又有起哄者要先生一展画艺之风采，观其画不过尔尔，闻其言价格不菲，众人言不由衷，鼓掌称好，哈哈呵呵。我觉得在此多余，借故告辞。路上想，也不知老先生要把“非花帖”念到何时，有没有人去提醒一下呢？

中央电视台 10 频道有一个精品栏目《百家讲坛》，其栏目成就了一大批东西南北、男女老少人士。周汝昌、阎崇年等老先生之风采令人佩服。但其中不乏充数者，站在台上一副学富五车的样子，大有舍我其谁的架势，讲起来话装腔作势，张牙舞爪，信口雌黄，令人作呕。其中有一位，现在红得发紫，已经是中央电视台各类娱乐节目的座上客了，他好像是某中学历史老师，靠讲和珅成名。有一次他在讲座中讲到有关古代出版书籍的问题，其中有一句为“付之梨枣”，他解释道：书已出版了，皇上要奖励一下有功之臣，奖什么呢？就奖一些梨呀枣的吧，如何如何。古代刊印书籍，一般用梨木枣木刻板，一个教历史的人民教师连这都不知道，何以为人师？有何脸面为人师？真个“毁人不倦”，真不知道他误了人多少子弟。

还有一个靠《百家讲坛》成名的，现在是红透大江南北的古玩鉴赏家，也是学富五车、才高八斗的样子。他是个讲故事高手，“有一回，我去乡下……”，一到关乎文物古董知识的关节，他便来一个漂亮的转身，“又有一回，我去乡下……”，把文物爱好者忽悠得团团转。名气大了，请的人就多了，在南方某省一个电视鉴宝栏目中，有一个文物收藏爱好者拿出一块白玉帽正，请求辨认上面的文字，这时导播给了一个特写镜头。在下一看，原来其上不是什么文字，乃“五岳真形图”。鉴赏大家拿在手上琢磨了半天，斩钉截铁地说这是几个字，和道教有关，自己也不认识。哈哈，呵呵，他倒是还承认自己不认识。

各位看客，若也想伸伸脚，就提供一些素材吧。

2009 年 7 月

赵亭人　瓜州渡口　33cm×36cm　纸本设色　2014 年

赵亭人　山河大地　33cm×36cm　纸本设色　2014 年

标语

春雨过后，天依然阴沉得很。

大街上穿梭的车辆大都是土眉悻眼的，好像一个人半年都不洗脸。路上到处彩旗招展，标语横行，一群一群的学生娃提桶夹扫帚，在树丛里捡垃圾。马路中间的隔离栏两边站满学生娃，在擦洗隔离栏，好像黄山顶上的护栏铁链上挂满了的情侣锁。

今天是学雷锋日。由此我想到了一些事情。

我们是个会议大国，每年都有各种名义的会议在全国各地举行，参加会议的各色人等像候鸟一样，穿梭于祖国的大江南北，这期间少不了醒目的大红的横幅标语。一般行程安排在六七天的会议，大都只是开一两天，且会议地址大都选在风景优美或有名胜古迹的地方，据说这是为了便于参会人员的休养生息和陶冶性情。这本来是好事，但实际上大都是形式大于内容。

还有举行各式各样的活动及在节日时，也大都是横幅一拉，锣鼓喧天有形无质地一阵热闹，就算是功德圆满了。比如：重阳老人节，搀几个老头老太太过一下马路，到孤寡老人家扫一下地擦一下桌子，形式一下就算过了节交了差，然后就再没人理会他们了。要想理会等下一年的重阳节吧。平时的街上到处尘土飞扬，纸片、塑料袋陈尸于犄角旮旯，这是环卫工人的工作，不关我们的事。眼看着植树节又到了，按我们每年植树的数量，早已是绿满神州了，可年年植树不见树，山上的标本多于活树。我们诸如此类好的活动为什么不能贯穿始终呢？为什么总是流于形式呢？如此等等，不复赘言。

形式主义会害死人的。

今天是惊蛰，按节气应该是“见龙在田，天下文明”了，天依然很冷，冬衣依然不能下身，这是一个冷春，只是一个形式上的惊蛰，仅仅是个标语而已。

2010 年 3 月

赵亭人　可净小乾坤　33cm×23cm　纸本设色　2014 年

赵亭人　岁久终蔓延　33cm×23cm　纸本设色　2014 年

梅花人生

——悼画家张思淮先生

河东名宿，平阳大家；画坛高手，艺林俊杰；

先生氏张，名讳思淮；因患顽疾，一卧不起；

丁亥暮秋，重阳节后；撒手人寰，驾鹤西去；

享年七二，福寿全归；天不假年，地胡偷岁？

无奈不测，唤而不闻；阴阳两隔，生死永别；

先生之德，足启后人；艺术不死，载册可循；

先生为人，忠厚恭谦；梅花品格，翠竹风骨；

先生画作，造化天趣；意境清新，春风扑面；

先生于我，亦师亦友；相逢无事，不见常念；

二十春秋，淡水相交；仪堪师型，教垂后生；

青山不老，绿水长流；天堂有位，心可安也；

恨我上苍，惜我先生；呜呼哀哉，伏唯尚飨。

2007 年 10 月 28 日

紫云寺略游记

丁亥岁暮，时值隆冬。应新田刘、黄二君之邀，游览绛县龙岩山紫云寺。山是旧貌，寺属重修，翠竹满院，新松到处。行至半山，瑞雪飘舞，徐徐入山，匆匆而返，不尽兴矣。将返，于寺中花房购得芭蕉一株，绣球一盆，归而置于山窗，与兰竹为邻，晏如轩上平添三分春色，可补游览之缺憾矣。

2008 年 1 月 13 日

赵亭人　秋林　80cm×38cm　纸本设色　2014年

酷暑中一丝凉爽

酷热难耐，无处躲藏。

于是，躲进小楼翻书，漫无目的地翻书。

于是，与东坡先生易安居士冬心先生不期而遇。

于是，便有了酷暑中一丝凉爽。

东坡先生云：

数亩荒园留我住，半瓶浊酒待君温。

又：

饮中真味老更浓，醉里狂言醒可怕。

又：

寂寂东坡一病翁，白须萧散满霜风。
小儿误喜朱颜在，一笑那知是酒红。

又：

平生文字为吾累，此去声名不厌低；
塞上纵归他日马，城东不斗少年鸡。

易安居士云：

红藕香残玉簟秋，轻解罗裳，独上兰舟。云中谁寄锦书来？雁字回时，月满西楼。

花自飘零水自流，一种相思，两处闲愁。此情无计可消除，才下眉头，却上心头。

又：

常记溪亭日暮，沉醉不知归路。兴尽晚回舟，误入藕花深处。争渡，争渡，惊起一滩鸥鹭。

冬心先生云：

三十六陂凉，水佩云裳。银色云中一丈长，好似玉杯玲珑，镂得玉也声香。对月有人偷写，世界白泱泱。爱画闲鸥野鹭，不爱画鸳鸯，与荷花慢慢商量。

又：

荷花开了，银塘悄悄。新凉早，碧翅蜻蜓多少？六六水窗通，扇底微风。记得那人同坐，纤手剥莲蓬。

于是，听古人的话：“闲中觅伴书为上，身外无求睡最安。”便掩卷而眠了。

2008 年 7 月 28 日

赵亭人　独立风中　13cm×7cm　纸本水墨　2013年

无奈的人累

天地玄黄，宇宙洪流。

山水人物，花鸟鱼虫。

蛇有蛇路，鸟有鸟道。

山高为峰，水低成海。

其间最难的最累的是和人打交道共事。

人同其他动物的区别：

不是思想（比如捕猎知道迂回包抄的鬣狗），

不是语言（比如会唱歌的黄莺），

不是情感（比如于狮群包围中保护幼仔的大象），

不是会使用工具（比如要喝瓶子里的水的乌鸦），

唯一的区别是：

人有本领为自己的行为轨迹做记录。

那就是所谓的——文明。

文明的功能可以区别标明你，

是高贵还是卑贱，

是聪明还是愚蠢，

是君子还是小人，

是人还是鬼！

人类在进化的同时，

大脑越来越发达，

手脚愈来愈灵巧。

但是，

我们这柔弱的身体，

要借助一块和我们毫不相干的布，

遮风挡雨，保暖祛寒。

我们后来叫它衣服。

当然，

我们的衣服，

不仅仅是遮风挡雨，保暖祛寒。

同时它也是一块遮羞布，

这也叫文明。

赵亭人　梅花书屋　33cm×33cm　纸本水墨　2014 年

在这个华丽的外衣下面，
究竟藏着一个什么样的心呢？
于是，
我们创造了许多辞藻来修饰它。
善的恶的，红的黑的。
但都叫良心。
良心何在？
我们在学会说话的时候，
也学会了骂人：
“你的良心让狗吃啦！”

交人交心，浇花浇根。
因为
知人知面不知心。
心口不一，居心叵测。
所以
心照不宣的人少了。
勾心斗角的人多了。
所以
养猫养狗的人多了起来，

提笼架鸟的人多了起来。
和它们交流，
比和人交流轻松。
难道人类有了文明的支撑，
在一定的环境下，
还不如一个畜生？

我本将心向明月，
奈何明月照沟渠。
伤痛与无奈，
如之奈何？
板桥道人唱得好：
收拾起渔樵事业，
任从他风雪关山。
俺唱这道情儿归山去了。

2008 年 12 月 25 日

赵亭人　满屋春光　33cm×45cm　纸本设色　2014 年

片　段

徐志摩文稿中有一句“无理想的民族必亡”。

同样，一个没有信仰，没有自信，没有自尊和羞耻感，没有公德和道德底线的民族必亡！

我们的精神支柱是什么？民族凝聚力有多大？爱心有几何？敬业精神有多少？

我们要学会，如何在这个存在着多种矛盾的、不完整的、多样性的文化中生存。

古为今用用什么？洋为中用用什么？怎样才能摆脱传统的

桎梏，以及自鸦片战争以来洋人带给我们这个民族的自卑感。

不必夜郎自大，也不必奴颜婢膝。

拟古，在学习阶段未必是个坏事。起码她多少能给时下浮躁的社会、浮躁的人们紧张而枯烦的生活，带来一些心灵的抚慰和一丝清凉的雅致的安逸。

世间许多事是要靠忙碌才能出成果，但好书画是闲出来的。

在那个年月里，二尺红头绳能让一个苦孩子高兴许久。现如今什么东西能打动你的心呢？

赵亭人　猫　38cm×38cm　纸本水墨　2014 年

赵亭人　梅庵　33cm×36cm　纸本设色　2014 年

赵亭人　韶峰　33cm×36cm　纸本设色　2014 年

诗　词

古风　叹诸葛

廿年前游川过武侯祠，心有所思，欲发文辞而言难道。

庚寅夏夜看三国写到诸葛七星灯灭处，叹嘘之余，随有别裁。

龙亩躬耕原做戏，茅庐遁隐半虚门；
徒扶蜀汉精神费，狡战江东口舌翻；
八阵图成白骨野，三分国列英雄村；
可怜九伐酬三顾，赢得抔尘五丈原。

新韵十三辙　考槃

依山傍水，设屋谋田；引泉绕户，掘池为鉴；

三间草堂，半亩篱栏；动静自如，坐卧安然；

榴实盈窗，梨花照轩；种蕉听雨，莳竹拂檐；

栽桃湾里，插柳门边；植松北冈，培菊东园；

养鸡催醒，蓄犬守樊；耕有犁牛，行凭驴辇；

扫地浇花，剪韭采莲；三餐粗食，四季布衫；

晴日耘亩，雨天参禅；荷锄南亩，掩卷西帘；

呼朋唤友，载酒放船；焚香抚琴，喝茶聊天；

秋上塞北，春下江南；林下忘机，湖上释筌；

携子抱孙，司文对联；古往今来，月下灯前；

味诗勘史，追本溯源；啸尘傲世，振衣捋髯；

知耻知止，守行守廉；信诚义勇，爱博仁宽；

相逢以敬，随遇而安；汉书下酒，唐诗佐餐；

坐等花开，步随云迁；烛举即卧，日高尚眠；

功名利禄，冰雪云烟；烂柯棋收，邯郸梦残；

因何择处，有幸得缘；独寐寤言，永矢弗谖。

跋清千石道人画石长卷

无意补高天，随缘隐大川；
六根凭雨洗，七巧任风镌；
面目般般好，身心个个坚；
山人施紫墨，素绢贮紫烟。

甲申立秋表白

吾生不屑大人骄，更恶奸商聚敛招；
砚亩扶犁筹爨计，江山纸上任逍遥。

甲申立秋喜雨

午梦甫回醒，依栏困眼暝；
琴操帘外雨，漏静画中鸰。

甲申秋雨其二

衰暑热雨搅新秋，绿潲红稀网小楼；
细语窗外穿梭雀，江湖旅客几多愁。

赵亭人　出处　33cm×33cm　纸本水墨　2014 年

甲申冬自洛返里过黄河有感

滚滚长河水，奔流曲向东；
人间兴废事，天际一惊鸿。

甲申五月游湘随师谒白石老屋

竹拥松擎一抹山，梨花小院稻田环；
当年洗砚磨石处，依旧蛙声响水湾。

癸未冬月过湖州夜访松雪道人故居不值

隆冬北返过苕溪，趁雨寻胜踏草堤；
笔墨千秋松雪诂，山河一画石涛题。

辛巳早春孤山寻梅其一

二月雨潇潇，披蓑过断桥；
孤山烟柳隔，一水冷香销。

辛巳寻梅其二

江南二月期，约我会梅姬；
隐隐孤山望，芳香已沁脾。

赵亭人　不念不求　33cm×45cm　纸本设色　2014 年

辛卯秋过长沙至常德

秋气飒爽霜林晚，橘子洲头看万山；
岳麓西陈红树上，湘江北走白云间；
当年豪杰随流去，近岁英雄扶杖还；
将相王侯俱往矣，桃花源里水潺潺。

乙未秋日寅时过韩信岭

群山莽莽白云牵，冷雨丝丝漫稼田；
数点村灯明灭处，牛铃已响唱鸡前。

新韵　欲登云丘山访梅不值

才闻冷艳绽云丘，却道清风敛萼脂；
不赖香妃门杜早，直缘鹤子讯传迟。

子十五生日感怀

侧卧平阳廿暑煎，形骸放浪一超然；
飞霜染鬓何须叹，幸喜吾儿已少年。

丁亥中秋赏月不得

其一

清辉云隐淡娇容，把盏危楼诗思浓；

辗转不知怎的好，雁书写到祝融峰。

其二

一年容易又秋凉，举目南天雁字长；

写就愁人离别事，罢吟弃盏泪泱泱。

大风

丙戌岁末，大风过平阳，阴霾遁逃，狂喜烟城雾市罕有之风清丽日天而感。

浊气恶尘压平阳，西望姑射雾蒙蒙；

朔风一夜虎如吼，难得尧天舜日红。

惜春

惜花春起早，香气浸吾衣；

颜色流连处，随风红雪飞。

赵亭人　贮春　33cm×33cm　纸本设色　2014 年

无题

玉带紫袍躬似虾，金戈铁甲血湍沙；
农夫歇犊炊烟处，盘内丝瓜尚带花。

戊子春有感

春潮渐涌柳如烟，一样年味岁岁延；
唯忆故人伤别久，何期再煎辋川泉。

渴闲

年来麻乱似梭穿，不得清闲如鏊煎；
范舸何日归我驾，烟波江上任盘旋。

一半儿　秋兴

香销红退淡茅庐，霜煞绿残停稼锄，无梦西溪投雁书。
橹徐徐，一半儿芦花一半儿雨。

雨霖铃　游园

绸春趁雨。往东山下，涝洰河渚。扶红梯目尘宇，烟样柳、鱼儿般橹。画阁浮华岸壤，玉桥卧平浦。问讯处、寻海棠无，翠竹正抽牡丹努。　　回眸世事人皆虏。鼓钟声、淡了欢和苦。花儿谢了能再，人老去、一抔新土。可惜流年，只是风中、片叶轻舞。断不若、欣驾归舟，一曲桃源谱。

惜红衣　小暖柔寒

小暖柔寒，熏风令乱，放香池院。百紫千红，浓芳衬深浅。阳明柳眼，娇好处、莺声款款。春软。红醉绿淫，纵东君车辇。　　虹桥水转。青石朱栘，潇潇竹西馆。琴书袖手懒拣。任风选。雁字江南雨，可共美人红伞？计甚时同赋，三十六陂秋赞。

越调　**小桃红　夏思**

熏风细雨老槐花，满院黄金挂。促织声声静茶话。月笼纱，豆灯下思凝墙画。佳人依榻，当年谁家，纤手捧香瓜。

黄钟　**昼夜乐　梨花**

雨打梨花落满溪，凄凄，凄凄地雪漫东堤。粉样女儿依槛涕，伤心那落英魂飞去，一天风漫舞无栖。怅怅兮，香入春泥，香入春泥。不恁的何归处。(幺篇) 莫提，莫提柳岸西，莺啼，高低，高低唱唤动牛犁。有几个知己侍你，如梅影般情照齐，尽今生约好相携？幻幻迷迷，幻幻迷迷，一对对无期豫。

口歌　英雄叹

一挑草鞋易双剑，青龙蛇矛豆肉换，茅庐三顾，寻得了一把羽毛扇。联的是江东，讨的是曹瞒，称的是蜀汉。六出九进，火攻水陷，折腾了一大圈，灯枯油干，终落得个乐不思蜀江山烂。争得什么？说书人口中一碗饭，可笑可叹。

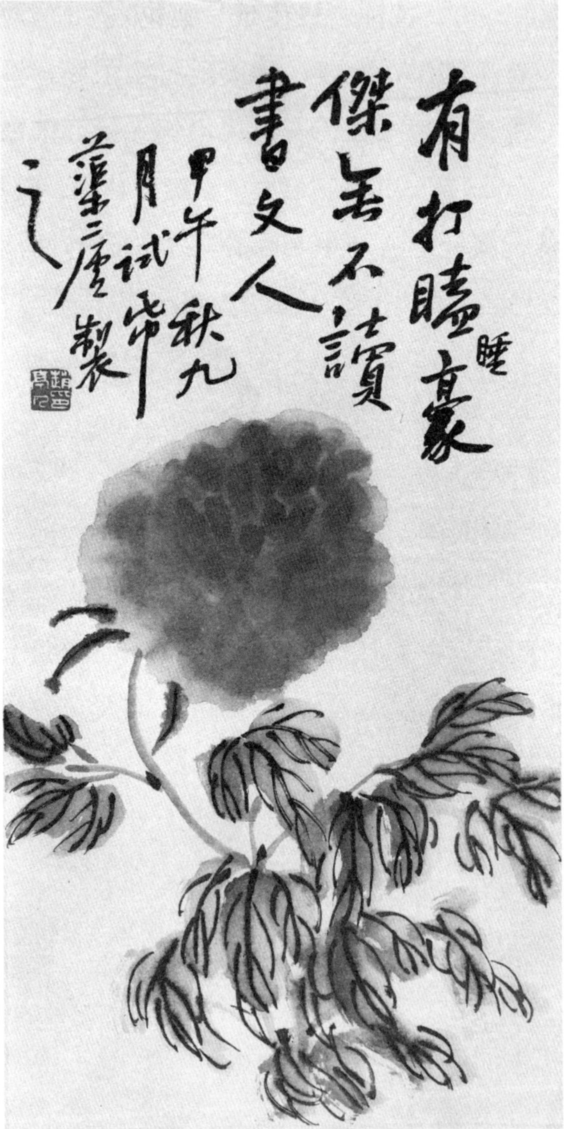

赵亭人　牡丹　68cm×34cm　纸本设色　2014年

无奈

总是那么的身不由己

我在无奈的生活中折磨着自己

但我知道自己最终需要的是什么

为了生活，为了能更好地生活

我每天和无奈打交道

而后用无奈维持自己的生存

可是

我多么的无可奈何

每天做着无可奈何的事看着无可奈何的脸

怀念那年那月

友弟朋兄，

沦涟如锢，

清风也拂拂，

暖日也融融；

读书图画，

说稗道风，

花满圃，

酒千觞；

莫言那北邙山上黄土封，
莫言那洛阳城中锦绣灯，
皆人杰鬼雄旧事一桩，
且看滔滔大河奔流直向东，
回头望青杏儿枝头拥；
溪柳旁散步，
槐荫下品茗，
小筑中静坐，
山林间贻情；
或少我一人矣，
山人正在南柯乡，
卧听那黄莺儿声声，
催农人泼场，
碌碡儿正忙，
炊烟袅袅里，
小园犹寂静。

格致文库书目

作　　者	书　　目	定　　价
林　　鹏	《梦里家山》	21.00元
韩　　羽	《信马由缰》	29.00元
李国涛	《目倦集》	25.00元
邢小群	《经典悸动》	25.00元
李新宇	《故园往事·一集》	25.00元
黄永厚	《浙江和我们》	20.00元
刘广定	《读红一得》	20.00元
徐庆全	《他们无时代》	20.00元
李新宇	《故园往事·二集》	25.00元
卫洪平	《双椿集》	26.00元
崔　　海	《多大点事》	32.00元
徐乐乐	《文字爱好者》	28.00元
北　　鱼	《会心集》	32.00元
于　　水	《杯酒文章》	38.00元
刘二刚	《午梦斋题画》	32.00元
怀　　一	《画外》	38.00元

作　　者	书　　目	定　　价
武　　艺	《游于艺》	28.00元
韩　　羽	《读信札记》（平装）	128.00元
韩　　羽	《读信札记》（精装）	148.00元
朱英诞（陈均编）	《我的诗的故乡》	30.00元
高恒文	《苍茫的留恋》	22.00元
介子平	《民国文事》	25.00元
启　　之	《有梦楼随笔》	20.00元
布　　谷	《老莲小笺》	22.00元
丁　　东	《人海观潮》	22.00元
韩三洲	《书丛探幽集》	20.00元
曹乃谦	《伺母日记》	45.00元
吴冠南	《花间闲话》	55.00元
李　　津	《爱与哀愁》	49.00元
赵亭人	《因了心意》	39.00元
靳卫红	《事事关己》	35.00元